尽量少为已经发生的事情而后悔，永远抬头挺胸往前看，请相信一切都是最好的安排。

往前走，
天就亮了

黄永玉
莫言
李银河 等 ◎ 著

《作家文摘》 ◎ 编

人民东方出版传媒
People's Oriental Publishing & Media

东方出版社
The Oriental Press

《作家文摘》名家散文系列

主　编　孔　平

副主编　魏　蔚

编　辑　王晓君　裴　岚

对这个世界说情话

无常便是常

一事精致，便能动人

薄情的世界里温情地吃

对这个世界说情话

更重要的是把自己的生活变成一个艺术品，让自己的生命活在快乐之中，其他的一切都不必追求和计较。

我对黑暗的柔情

迟子建

　　我回到故乡时，已是晚秋的时令了。农人们在田地里起着土豆和白菜，采山的人还想在山林中做最后的淘金，他们身披落叶，寻觅着毛茸茸的蘑菇。小城的集市上，卖棉鞋棉帽的人多了起来，大兴安岭的冬天就要来了。

　　窗外的河坝下，草已枯了。夏季时繁星一般闪烁在河畔草滩上的野花，一朵都寻不见了。母亲侍弄的花圃，昨天还花团锦簇的，一夜的霜冻，就让它们腰肢摧折，花容失色。大自然的花季过去了，而居室的花季还在。母亲摆在我书房南窗前的几盆花，有模有样地开着。蜜蜂在户外没有可采的花蜜了，当我开窗通风的时候，它们就飞进屋子，寻寻觅觅的。不知它们青睐的是金黄的秋菊，还是水红的灯笼花。

那天下午，我关窗的时候，忽然发现一只金色的蜜蜂。它蜷缩在窗棂下，好像采蜜采累了，正在甜睡。我想都没想，捉起它，欲把它放生。然而就在我扬起胳膊的那个瞬间，我左手的拇指忽然针刺般地剧痛，我意识到蜜蜂蜇了我，连忙把它撵到窗外。

蜜蜂走了，它留在我拇指上的，是一根蜂针。蜂针不长，很细，附着白色的絮状物，我把它拔了出来。我小的时候，不止一次被蜜蜂蜇过。记得有一次在北极村，我撞上马蜂窝，倾巢而出的马蜂蜇得我面部红肿，疼得我在炕上直打滚儿。

别看这只蜜蜂了无生气的样子，它的能量实在是大。我的拇指顷刻间肿胀起来，而且疼痛难忍。我懊恼极了，蜜蜂一定以为我要置它于死地，才使出它的撒手锏。而蜇过了人的蜜蜂，会气绝身亡，即使我把它放到窗外，它也不会再飞翔了。我和它，两败俱伤。

我以为疼痛会像闪电一样消逝的，然而我错了。一个小时过去了，两个小时过去了，到了晚饭的时候，我的拇指仍然锥心刺骨地疼。天刚黑，我便钻进被窝，想着进入梦乡了，就会忘记疼痛。然而辗转着熬到深夜，疼痛非但没有减弱，反而像涨潮的海水一样，一浪高过一浪。我不得不从床上爬起，打开灯，察看伤处。我想蜜蜂留在我手指上的蜂针，一定毒素甚深，而我拔蜂针时，并没有用镊子，大约拔得不彻底，于是拿出一根缝衣服的针，划了根火柴，简单地给它消了消毒，将针刺向痛处，企图挑出可能残存着的蜂针。

针进到肉里去了，可是血却出不来，好像那块肉成了死肉，让我骇然。想到冷水可止痛，我便拔了针，进了洗手间，站在水龙头前，用冷水冲拇指。这招儿倒是灵验，痛感减轻了不少。十几分钟后，我回到了床上。然而才躺下，刚刚缓解的疼痛又傲慢地抬头了，没办法，我只得起来。病急乱投医，一会儿抹风油精，一会儿抹牙膏，一会儿又涂抗炎药膏，百般折腾，疼痛却仍如高山上的雪莲一样，凛冽地开放。我泄气了，关上灯，拉开窗帘，求助于天。

已经是子夜时分了，如果天气好，我可以望见窗外的月亮、星星，可以看见山的剪影。然而那天阴天，窗外一团漆黑，什么也看不见。人的心真是奇怪，越是看不见什么，却越是想看。我将脸贴在玻璃窗上，瞪大眼睛，然而黑夜就是黑夜，它毫不含糊地将白日我所见的景致都抹杀掉了。我盼望着山下会突然闪现出打鱼人的渔火，或是堤坝上有汽车驶过，那样，就会有光明划破这黑暗。然而没有，我的眼前仍然是沉沉的无边的暗夜。

我已经很久没有体味这样的黑暗了。都市的夜晚，由于灯火的作祟，已没有黑暗可言了；而在故乡，我能伫立在夜晚的窗前，也完全是因为月色的诱惑。有谁会欣赏黑暗呢？然而这个伤痛的夜晚，面对着这处子般鲜润的黑暗，我竟有了一种特别的感动，身上渐渐泛起暖意，有如在冰天雪地中看到了一团火。如今能看到真正的黑暗的地方，又有几处呢？黑暗在这个不眠的世界上，被人为的光明撕裂得丢了魂魄。其实黑暗是洁净的，那灯红酒绿、夜夜笙歌的繁华，亵渎了圣洁的黑暗。上帝给了我们黑暗，不就是送给了我们梦想的温床吗？如果我们放弃梦想，不断地制造糜烂的光明来驱赶黑暗，纵情声色，那么我们面对的，很可能就是单色调的世界了。

　　我感激这只勇敢的蜜蜂，它用一场壮烈的牺牲，唤起了我的疼痛感，唤起了我对黑暗的从未有过的柔情。只有这干干净净的黑暗，才会迎来清清爽爽的黎明啊。

越热闹，越孤独

王跃文

几年前，见媒体报道，有位中年男子在长沙街头徘徊，警察上前询问，原来那男子不知道自己是谁了，也不知道自己从哪里来，要到哪里去。我很羡慕那男子，居然患上这种很哲学的病。只可惜这种病用医学术语一说，就索然无味了，叫暂时性失忆症。

有一回，某高校约请我去讲学，我却找错了地方。那地方我本来很熟悉的，几个月前还去过。我又想，自己可能真的要患失忆症了。可是，我仍然清楚地知道自己是谁！

我曾经把一个真实事情写进了小说。有个疯子，每天坐在街头，望着对面高楼大厦微笑。不管刮风下雨，他都坐在老地方，幸福地微笑。当时我还在政府机关，内心很彷徨，不明白自己去路在何方。我就老琢磨那疯子，羡慕不已。他眼里只有对街的高楼，那里面也许黄金如山、美女如云，都属于他独自所有。可我马上发现自己也许亵渎了疯子的纯粹。疯子脑子里只有快乐，地地道道的快乐。

近些年，我只做过一回美梦。我梦见很多很多飞机，多得像夏日雨前的蜻蜓，低低地贴着田野飞。天边霞光万道。没多时，我自己也驾着飞机，擦着田垄飞翔。我把飞机停在水田里，飞机也像蜻蜓一样，翅膀上下摆动着，优游自在。我穿得浑身素白，皮鞋都是白的，跷着二郎腿，嘴里叼着烟。醒过来后，好久，我仍恋恋不舍梦里那蜻蜓一样的飞机。盼着再遇这样的好梦，却总不遂意。

我总想耐着性子做好手头的事情，然后独自上路。不用周密筹划，也不去风景名胜，就像行脚僧人，载行载止，了无牵挂。

孤独这东西在我是由来已久的，并不因为生活环境的改变而消失。我记得当年迷恋罗大佑歌曲的时候，还是一个偎头偎脑的少年。那时不知怎么回事，我平素没有音乐细胞的，罗大佑的歌却一下听到心里去了。罗大佑有首歌，歌名我忘了，里面几句歌词我却印象很深："爱情这东西我明白，但永远是什么？姑娘你别哭泣，我俩还在一起，今天的欢乐将是明天永恒的回忆。"

我活了这么些年，爱情这东西是什么，好像也不是很清楚。但永远是什么，我倒慢慢有几分明白。只是越明白，越不愿说，越不忍说。永远是什么呢？就是孤独。

我有时并不是很信科学。按科学的说法，孤独只是一种心理感受。我却相信孤独这东西肯定是一种生理机制，一种物质，它蛰伏在我们大脑某处，就在那里，阴暗，固执，沉默，与我们的生命共始终、共存亡。有时我们感觉不到孤独，那是它睡了。可它只打了个盹，一转念间它又会醒来，睁着灵闪的眼睛。

其实，每一个人，都害怕孤独、逃避孤独。

某一年的一个风雪夜，阳历新年的前几天，我给妻子留下一封致歉信，独自驾车出走了。我在信里说，我不知要走向哪里，我没有地方可去，可我一定要走，因为有一个东西在后面追我，使我无法安宁。我沿着高速公路跑了4个多小时，随便找一家旅馆住下。我在那个完全陌生的地方，安静地睡了两天两夜，可又想家，结果还是回来了。

也许人永远是在围城之中。人生的荒谬与困惑就在这里。

世界越来越热闹，人们越来越孤独。如果从文学上解读这种现象，我认为人类很多美好的精神享受需要距离和缓慢，但现代社会，速度、节奏，消失了距离，摧毁了缓慢，破坏了很多人类内心精神层面的东西。有些美丽的忧愁，只能是往古的绝响了。宋人蒋捷有一首词叫《听雨》，大家都很熟悉："少年听雨歌楼上，红烛昏罗帐。壮年听雨客舟中，江阔云低，断雁叫西风。而今听雨僧庐下，鬓已星星也。悲欢离合总无情，一任阶前，点滴到天明。"短短的一首词，就是一生的缓慢，就是一生的忧伤。

我最困难的时候，大概是1999年后的两年时间，关于我的谣言很多，有的说我被抓起来了，有的说我被监视居住了，有的说我已出国避难了，有的干脆说我人已被灭了。

有一回，外省一位读者打来电话，说要找王跃文老师。我说我是王跃文。他反复问，真的是您吗？原来，他们那地方传言，说我已不在人世了。还有人发来匿名电报，对我表示声援。我至今不知道发电报的是哪位朋友，我要向他致敬！

那段时间给我写信的朋友也特别多，年纪最大的是重庆一位

78 岁的大妈。老人家自称 78 岁健康老妪，一手钢笔字隽秀、清丽。我在这里祝她健康长寿！

我平时都是一个星期给老家打一个电话，那段时间我三天两头打电话回去，同爸爸妈妈拉拉家常。我想让他们知道，我的状态很好。可是，有一天，我正在家吃晚饭，门铃突然响了。我开门一看，两位白发苍苍的老人站在门口。我的父母来了。平时父母到长沙来，都会先打电话告诉我，我会去车站接他们。但是，他们这次没有事先告诉我，突然就来了。我明白，两位老人就是想突然出现在我面前，看看我到底好不好。我把父母迎进来，端茶倒水请他们坐下。我已经多年没有泪水了，那天我躲在洗漱间不停地洗脸。我的泪水忍不住。吃过晚饭，妈妈正式说话了："儿子，你写的书我和你爸爸都看了，你没有写半个不该写的字。你不要怕，城里过不下去了，就回老家去，家里还有几亩地，饿不死你的。"我的母亲只是粗通文墨，却懂得天下的大道理。我敬仰我的母亲。

我平时做人本来很低调的，特别是不喜欢在电视里亮镜头。可是有一段时间，只要电视台邀请，我就满口应承。我想让天下所有关心我的人知道，王跃文还活着！

人生谁能无补丁

梁　衡

穿补丁已成平常事

"补丁"这个词恐怕要退出词典了。它本是指衣服破了，用一块碎布头补上。但是，现在 30 岁以下的人有谁见过补丁？又有谁还穿带补丁的衣服？说起这个话题是因为一场乌龙。网上传出一张照片：当年的一个知青，脚上的球鞋补丁摞着补丁。有朋友把照片发给我，我不觉哑然失笑。这个"补丁客"就是我，但不是知青，而是大学毕业生。

上世纪 60 年末有一个政策，凡大学毕业生都得先到农村去劳动一年。1968 年底，我们几个从北京、上海来的大学生到内蒙古巴彦淖尔盟临河县报到，被安置在一个生产队劳动。吃住、干活儿一如知青，只是有国家发的工资，不拿队里的工分，农民乐得接受。第二年春天，我们在门前搭了一间草棚，垒了一个灶台，挑水、拾柴、做饭，过起了农家烟火的日子，还不忘在土墙上刷了一条"放眼世界"的时髦语录。

那天，当地报社的一个摄影记者路过村子，意外地发现这里有几个种地的大学生，就为我们拍了几张照片。我们哪里是什么"知青"，是"困青"——"文化大革命"时被困在学校不能按时毕业，毕业之后又被困在农村不能实现专业对口。照片上最显眼的是我坐在一个小柴凳上伸出的一双脚，脚上是从北京穿来的那双

帆布解放鞋，上面摞着 13 个补丁。这个数字我一辈子也忘不掉。

那个年代是短缺经济，吃饭要粮票，穿衣要布票，全民勒紧腰带过日子，穿带补丁的衣服很平常。周恩来为防两袖磨破，办公时戴上一双袖套，就像在包装台上干活儿的女工一样。毛泽东接见外宾时屁股后面有两个补丁，工作人员说换条裤子。毛泽东说不用，外宾又不看后面。我们的大学校长是吴玉章，资格更老，曾是毛泽东的老师。与学生合影时，他坐前排的椅子上，后排站着的同学一低头，发现吴老肩膀上有两块补丁。这都是上世纪 60 年代的事。

如今的补丁能变脸

我当时还有一件白衬衣，那是用日本进口的尿素化肥的袋子缝制的。生产队将空袋子五角钱一个卖给社员。但"尿素"两个字怎么也洗不掉，于是裁剪时把它们巧妙地处理在双腋下不易看见的地方。随着时代的变迁、经济的发展，不管是领袖、明星，还是平民，他们的补丁都没入了历史的烟尘。衣不为暖而为美，走马灯似的换着花样穿，不再因破而补，而是因时而弃，许多完好的衣鞋都成了垃圾。

衣可弃，习难改。我常碰到的一个难题是，一双袜子，别的地方还好好的，只是脚后跟上张开一个大洞。用之不能，弃之可惜。早几年的尼龙袜时代，有一种补袜的胶水，可解此难题，这几年也不见了。一天在购物网站上忽发现"补丁"二字，如他乡遇故知，乐从心底生。网上有各种补丁，颜色、布料、款式任选，还自带胶水，一贴即可。我大喜，即下单购得几款。几日后到货，才知道此补丁不是彼补丁，而是专往新牛仔衣裤上贴的小装饰。我这个"祥林嫂"，只知道补丁是补衣服的，不知道补丁还会耀武扬威地骑在衣服上，而且能变脸。

袜子没有补成，"补丁"二字倒由实际问题升华成一个哲学问题，终日萦绕在我的脑子里，抹之不去。这世上的事是缺而后补，还是不缺也补？补是为了填洞找平，还是为平地上起楼？凡补过的东西总归不如原装原配的好。但再一想，也不一定，"补"者，又有补给、补充、添加、增强之意。补过的东西其强度和外观也有反超原物的，如胶粘的木板、焊接的金属，若去做破坏实验，先断裂的并不是补焊之处。掺了新元素的合金，也强过原来的单一金属。现在连人的脸也可以修补了，补后的面容更漂亮，以至于整形美容成了一种风尚、一门产业。

生命总在不停地打着补丁

再说我们这一批大学生，后来自然都离开了农村，但那是每个人都打过补丁之后的事了。或者考研，或者入乡随俗，重学一门本事，反正必须重打补丁。别的不说，只外语这个补丁就有天来大，补得你喘不过气。那个时代，我们从中学到大学学的都是俄语，而要考研就得从头学英语。人近30了重新投一次胎，要用多少吃奶的力？不像是补一双鞋、一件衣，人打补丁是很痛苦的。我没有做过整容，想来一定很痛。但我见过钉马掌，那马也得忍着。不要小看这块铁补丁，肉蹄变铁蹄，踏遍千里烟尘绝，大大地提高了军力（当然还有生产力），历史学家说蒙古人就是靠此横扫欧亚。

"困青"们当时也找到了一块铁补丁——考研。何以解忧，唯有杜康；何以解困，唯有考研！当然，考前你得先上一个"学前班"，吃风裹沙，挑水劈柴，烟熏火燎，脱胎换骨，从城里人变成一个乡下人。然后再从低谷开始一一补起。果然，经过连续地补丁摞补丁，置之死地而后生，还真有人成名成才了。与我们一起在风沙中点瓜种豆、躬耕于垅亩的一名弱女生，三补两补，居然成了一位知名的天文学家。我们这几个"困青"，也都一个一个逃出了困境。

有一次，在北京的一个饭局上，不知怎么说到吃羊肉。在座有一位西服领带、担任国家外汇管理部门领导的当年的"困青"，他说，你们信不信，现在给我一只羊、一把刀，我可以20分钟之内让你们吃到新鲜羊肉。这真是"庖丁宰羊"，大家为之一愣，摇头不信。但是我信，我知道他再"洋"也有一条深扎于黄土中的根，也是在那个年代打过补丁的"困青"。现在我们都已成古稀之人了，白头"困青"在，谈笑说补丁。再回看那张照片，如烟如尘，恍如隔世。那位给我们照相的记者名叫李青文，想来也已80多岁了，不知天涯何处。感谢他为我们留下了难忘岁月的一痕，也愿他能看到这篇短文。

看来，生活乃至生命总是在不停地打着补丁。当然，最好一开始就能有一种正常的状态，尽量不要人为地破坏而后再去打补丁。但是，又有几人能一生顺遂呢？岁月蹉跎命多舛，人生谁能无补丁。

我想让自由和美丽把生命填满

李银河

　　我常常能够深刻感到生命的无意义、不合理。人从来到世上，一路挣扎、追求、修炼，然后就那么离开了。这有什么意义呢？这个问题是没有答案的，或者说这个问题的答案已有，但是没有人愿意接受它。这一答案就是：毫无意义。既知答案如此，又要勉强自己生活下去，这是一个不可解决的矛盾。

　　在生命意义的问题上，荣格和海德格尔有不同的看法。荣格认为，对于正常人来说，有什么必要追寻生命的价值或存在的意义呢？这样的问题只是对于精神分裂了的、异化了的人来说才会发生。而海德格尔却认为应当追问存在本身的意义，"人就是一种领会着存在的在者"。

　　从很年轻时起，虚无主义对我就一直有很大的吸引力。这种吸引力大到令我胆战心惊的程度，使我不敢轻易地想这些问题。我不敢长时间地看星空。看着看着，我就会想到，在这众多的星星中，地球就是一个；而人在地球上走来走去，就像小蚂蚁在爬来爬去。人的喜怒哀乐、悲欢离合、孜孜以求的一切在其中显得毫无价值。

有一段时间，我的情绪有周期性的起落，差不多每个月都会出现一次"生存意义"的危机。在情绪低落时，就会有万念俱灰的感觉。

普鲁斯特在《追忆似水年华》中说过："我只觉得人生一世，荣辱得失都清淡如水，背时遭劫亦无甚大碍，所谓人生短促，不过是一时幻觉。"

人活一世，都想留痕迹。有人说，人最大的目标是青史留名；有人说，即使不能流芳千古，能够遗臭万年也是好的。说这话的人没有想到：在地球热寂之后，什么痕迹都不会留下。记得我在发表了第一篇文章时，曾在日记中写道：我已经留下了第一个痕迹。当时的我没有想到，这个痕迹就像沙滩上的脚印，很快就会被海浪抚平。世界上没有一个人能够在宇宙中留痕迹，这是毋庸置疑的。

既然如此，人活着岂不和死没什么区别？当你把这个痛苦的事实当作不得不接受的事实接受下来之后，你就会真正地冷静下来，内心会真正地平静下来。你会用一种俯视的、游戏的态度来看人生。

有一段时间我开始读"禅"，心中有极大的共鸣。禅揭示了生活的无目的、无意义；它提到要追求活生生的生命，生命的感觉。其实，生命的意义仅在于它自身，与其他一切事和人都毫不相关。参禅时，我想到，过去我常常受到世间虚名浮利的诱惑，其实是没有参透。

然而，我又不愿意在参透之后使生命的感觉变得麻木。而是循着快乐原则，让生命感到舒适和充实。它包括对好的音乐、美术、戏剧、文学的享用。更重要的是把自己的生活变成一个艺术品，让自己的生命活在快乐之中，其他的一切都不必追求和计较。美好的生活应当成为生存的目的，它才是最值得追求的。

毛姆曾说过："我认为，要把我们所生活的这个世界看成不是令人厌恶的，唯一使我们能做到这一点的就是美，而美是人们从一片混沌中创造出来的。例如，人们创作的绘画，谱写的乐章，写出的作品以及他们所过的生活本身。在所有这一切中，最富有灵感的是美好的生活，这是艺术杰作。"

生命本身虽无意义，但有些事对生命有意义。

生命是多么短暂。我想让自由和美丽把它充满。

小自然

蒋　韵

　　先盘点一下树木：两棵杜仲树。两棵银杏树。一棵柿子树。一棵樱桃树和一棵山楂树。还有两棵小小桃树和一棵杏树。玉兰也有两棵，一棵开白花一棵开紫花。再就是西府海棠和另一棵结果子的海棠。一棵小红枫，正对着阳光房窗外那处最醒目的位置。哦，还有香气让人魅惑的丁香。当然，丁香算是灌木了，不是乔木。

　　那就再说说灌木。有一种开黄花的灌木，以前，毫无一点植物学常识的我一直以为它是连翘，结果不是。原来它有一个很好听的名字：棣棠花。把"棠棣花"翻过来就是它了。当然它不如"棠棣花"那么有名。棠棣花我很早以前就知道，是因为少年时读过郭沫若先生的剧本《棠棣之花》，是写义士聂政和他姐姐聂嫈动人的悲剧故事。那时我还没有读过《诗经》，没有读过"棠棣之花，鄂不韡韡，凡今之人，莫如兄弟"，不知道它的典故和出处，但从那时起棠棣花在我心里就染了悲情和浪漫的血色。所以，这叫作"棣棠花"的植物，也因了这相似的名字，在我眼里变得有几分不凡。

棣棠花我们有好几棵，向阳处，背阴处，都有，似乎，花都开得不错，花期还长。2020 年冬天，北京遭遇了几十年来最极端的酷寒，很多树都冻死了。像石榴树、柿子树之类，我家所住的京郊就冻死不少，但我们的棣棠花，却挺了过来，毫发无损。初春，满树的黄花，一丛一丛，在冷风里流金溢彩。它的生命力坚韧、顽强而蓬勃：我愿意这样来理解它的花语——"高贵"。但似乎，命名者的初衷并非如此。

还有它的拉丁文学名：Kerria Japonice，就更是一个大误会。棣棠花原生于我们中国，自古有之，不知道何时传入了日本，但直到 19 世纪，一个叫 Kerr 的西方人，在日本首次和它相遇，视为一大发现，于是，就有了这样一个以发现者与发现地命名的、充满谬误的名字。

一棵貌不惊人的寻常植物，居然也有这些故事。也许，细究起来，每一种花，每一棵草，每一棵树，它们的来历，都是史诗。万物的史诗，宏大而神秘，不为人类所知。

一生中，曾经有过很多冲动的时刻，想像梭罗一样逃离城市逃离此刻的生活投身大自然中。那肯定是在对当下特别厌倦的时候。但，冲动也仅仅只是冲动而已。

梭罗只有一个。我其实是有一些理性的，有自知之明。我知道我没有那么爱自然。我不会为它奋不顾身。曾经，沈从文先生笔下的湘西令我魂牵梦绕，那是多么灵动神奇多么荒蛮诗意的地方。20 世纪末，我终于来到了这块叫作"凤凰"的土地。那时，对凤凰的开发，还没有后来那么地商业化。细雨霏霏之中，我们在当地友人陪同下，去瞻仰从文先生的陵墓。上山的那条路，泥泞不堪，大坨大坨的新鲜牛粪，遍布在泥泞之中。那是人和牛共同拥有的道路。友人的大脚，毫不介意吱咕吱咕痛快淋漓地踩在牛粪上，而我却头皮发麻，惭愧地不知道怎样下脚。沱江烟雨蒙蒙，如百年前一样静静流过古城，水边的吊脚楼美如一幅长卷。但，仅仅一条遍布牛粪的泥泞道路走下来，湘西的美，就在我心里变得有点微妙。我想，我真正爱的，是活在文学里的湘西，而不是一个真实的血肉蒸腾的地方。

这是我的悲哀。

在今天，谁会说自己不爱大自然呢？

人们涌向那些从前人迹罕至的地方，涌向雪山、草原、南极。就连珠穆朗玛峰大本营，也成了旅游者的打卡地。几乎，每一座山，每一处海滩，每一块草原，都挤满了人类。人类肉体的气味，淹没了草香、花香、海的腥咸和山岚的香气。

人类在侵占。

人类在遍布自己气味的自然里，常常忘记，大自然从不是为人类而存在这样一个简单的事实。当我们认为离自然最近的时候，也许，相距最远。

我们可能会走遍世界上每一座名山大川，登上所有难以攀登的高峰，深入旷无人迹的极地和沙漠，可我们仍然没有真正地和自然相遇。

自然的本质，是拒绝。我们认为自己日益强大的时候，常常忘记这一点。

我曾经不止一次设想，想离开城市，到一个遥远的、风光美丽人迹稀少的地方，租下一处荒废的院落，收拾出来，开一个民宿。我无数次想象我坐在一条长长的廊下，看山，看河，看落日怎样在河面上辉煌坠落，一边耐心从容地等待着一个风尘仆仆的客人。就是不去想，真会有这样的客人吗？

因为，我知道，它们永远只会存在于我的想象里。一个写小说的人，想象是她的自由和天职。

我只能守着我的生活。

我现在的住所，现在的家，其实，也在远离城中心的远郊区，不通地铁，交通不便。

据说从前，这里是一大片长满芦苇的河滩地。就是这样一片地价相对便宜的远郊，现在，是拔地而起的一座小城。在楼群和建筑相对宽松的空隙中，我得以和我的植物们厮守。和杜仲、银杏还有受伤的柿子树，和棣棠花、丁香花、玉兰花还有遍地的玉簪，共度岁月。我不再追寻它们的来历，只欣赏它们的美好。我称这里是我的"小自然"。

我只有小自然。

也曾有过非常珍贵的回忆。20世纪80年代，我和新婚不久的丈夫以及两个密友，应朋友之邀，来到了黑龙江一个叫"张广才岭"的地方。那里是兴安岭山系长白山支脉，密林里，有一个不开放不对外的林场小招待所。那几天，住在那招待所里的，只有我们这几个人。记得初来乍到的那天，晚饭后，太阳还没落山，这里的白昼，似乎远比我们所在省份的要长。我们四人结伴，沿着一条小路，渐渐走到了密林深处一条溪水边。溪水清澈无比，水中怪石嶙峋，我们欢叫着甩掉鞋子跳进溪水里，笑，闹，打水仗，唱歌。两个密友，一个是出色的男中音，一个是嘹亮的女高音，他们俩的歌声，听上去，渐渐有一种感人肺腑的东西滋生，蔓延。太阳沉落了，天黑了，月亮升起来，月光梦幻般洒在了溪水上。我们突然静默下来，水声渐渐变得浩大，森林肃穆，世界静穆。我的耳朵，被唯一的、浩大的水声灌满，自然之声就这样突如其来地注入我的身心。那一刻，我似乎听到了天籁。

我们四人，久久久久坐在溪水边，沉浸在月夜的密林中。

千万棵大树，在我们身后，在我们左右，在我们四周，传达着某些深邃、遥远、古老而神秘的声响与气息，我们听不懂，或许永远都不会懂，但，那一夜，我体会到了一个宗教的词语——受洗。

还有一个词语，那就是，神交。

对这个世界说情话

韩松落

有一些人，来到这个世界上，是为了跟这个世界说情话的。哪怕，这个世界是如此荒凉、残酷、疯狂。这些说情话的人，多半都是年轻人，生理或者心理上的年轻人，所以亦舒说："恋爱，革命，都必须非常年轻，非常非常年轻。"不论恋爱，还是革命，都是跟这个世界讲情话，是对这个世界的相信：我如此待你，必然能够将你撼动。

人必须有情话时光，因为你不知道冬天有多久。每个年代的人，都有自己的情话时光。我所认识的人里，有一个对世界说情话的年轻人，我们管他叫杨医生。

杨医生起初不是医生，我认识他的时候，他考进医学院才两个月，还不满 18 岁。

杨医生是天水人，父亲在铁路上工作，性格豪爽，母亲性格开朗，父亲做生意欠了钱，每年光是利息就要还60万。但杨医生并没因此变得愁云惨雾，他继承了爹妈的性格，温厚爽朗，一个人来到大城市，却一点不怕生，努力锤炼自己，努力寻找能够影响自己的人。他来跟我认识，或许怀着相近的期待吧，找个"船长"，找个能影响他的人。事实上，倒是他影响我更多，尤其是在看待医生职业这件事上。说实话，因为少年时的经历，我对医生这个行业欠缺好感。

　　临床实习前，他的父亲给他留言："心爱的儿子，在新的环境里你要用仁爱之心对待每一位患者！医院的任何工作一定要做到精细，不能出一点错误，因为天大的事没有生命重要，对患者要像亲人一样，用你的爱心、耐心去关爱，不能发一点脾气。不能把你个人的不愉快带到工作中去，愿儿子成为一个真正的白衣天使。"他的老师送给他一句话："医学不是神学，但医学赋予了我们神职。"

　　进了临床，杨医生总算离真正的医生近了，我从他那里了解到的医生故事也越来越多。基本上全年无休，每天上班超过10个小时，连续上班36个小时也是常事。在外科实习时，有一天，附近的工地发生了群体事件，300多人被打伤，他刚刚下班，也被叫回科里缝头，一直缝到天亮。又有一天，病人去世，家属喊了专业医闹，七八十个黑T恤金链子的汉子，瞬间到了医院，所有男生

都被喊来，严阵以待。

他不在微博上写这些，他只写自己和病人的交流："早八点至今接收的病人有：两岁男孩感染性休克，腹中多一半肠管变黑了，抢救完昏迷不醒，长得是那么可爱；未婚中年吸毒女脑干出血，背上文了一整片灿烂夺目的牡丹花；赴儿子婚宴酒后失足，一摔成脑出血，耳蜗有止不住的血流；KTV里起争执，三刀捅入胸口、腹腔，血淋淋跨年……这里是ICU，堪比鬼门关。"

我向他求证那些与医院有关的可怕传闻，例如，医生会拼命给你开抗生素，还有如果不给够麻醉师红包，他们会故意把药的分量减轻，让你在手术中醒来疼个半死。他大吃一惊，给我详解现在的医疗制度，这些情况基本都是不可能的。至少，我们在一线接触到的医生，都是和我们一样的受苦人，没有机会折腾这些幺蛾子。

因为杨医生，我换了打量医生的目光。有一次去看病，坐门诊的女医生，时时用手扶着腰，我仔细看了看，才发现她是挺着大肚子来坐诊。了解医生，不需要有医生朋友、医生家人，你只需要知道，他们必然也是别人的朋友，别人的家人，就已足够。

有一次，在我的电台节目里，有个女孩子连麦，跟大家讲了她的经历。

她在电视台工作，长得好看，穿着光鲜，结果被坏人盯上了，这个坏人是个年轻的男孩子，穷途末路，想做点什么，做什么都可以，他绑架了她，囚禁在一个房子里。此后的 36 个小时里，她一直在和他沟通，听他倾诉。他终于平静下来了，结果，在谈到他被女朋友抛弃的经历时，他又被刺激到了，他用刀在她的腿上划了一刀。她害怕伤口和鲜血引起"破窗效应"，进一步激化他的凶残，忍着疼继续和他聊天。最后她等到了解救。

我知道这个世界有多凶残、有多冷酷，只要了解一些金融知识，再关注几个金融账号，你就会知道这个世界的森严真相。但我们必须用歌、小说、音乐、艺术，对这个世界说情话，所有的艺术，其实都是自作多情，是对人生的高估，是对光秃秃的人生进行的 PS，是面对残酷世界的情话。情话是热爱，情话是希望，只有不断说情话，才能缓解世界的凶残，或者在凶残之中，给自己引来微光微温。

所以我珍爱那些说情话的故事，例如《一千零一夜》、《少年派的奇幻漂流》，或者《悲惨世界》，尤其是《悲惨世界》，那里面的年轻人，真是霞光万丈。

我珍爱那些有着说情话气质的歌手或者演员，邓丽君、张浅潜、张玮玮、雷光夏，或者张国荣、钟楚红、姚晨、莫文蔚。他们流光溢彩、如花似玉，不管自己经历过什么，都给你最温厚的一面。

我也珍爱那些对这个世界说情话的年轻人，生理上的或者心理上的年轻人。TA 就是相信，只要善待这个世界，这个世界必然不会亏待 TA；TA 如果用画笔用想象，把这个世界打扮得五彩斑斓，这个世界，就必然不是荒凉一片。

这个世界，在大火、地震、山洪和杀戮中，还能让人愿意停留下去，就是因为这些说情话的人吧。

人生永远没有太晚的开始

摩西奶奶

今年，我一百岁了，趋近于人生尽头。回顾我的一生，在八十岁前，一直默默无闻，过着平静的生活。八十岁后，未能预知的因缘际会，将我的绘画事业推向了巅峰，随之带来的效应，便是我成了所有美国人耳熟能详的大器晚成的画家。

我的老伴儿已离去多年，孩子也依次被我送走，我的同龄人也一个个离开了我。我觉得自己越活越年轻了，越来越喜欢与年轻的曾孙辈们一起玩，他们累了、倦了，便喜欢围坐在我身旁，不嫌曾祖母絮叨，听我说些老掉牙的人生感悟。

有人问，你为什么在年老时选择了绘画，是认为自己在画画方面有成功的可能吗？我的生活圈从未离开过农场，我曾是个从未见过大世面的贫穷农夫的女儿、农场工人的妻子。在绘画前，我以刺绣为主业，后因关节炎不得不放弃刺绣，拿起画笔开始绘画。假如我不绘画的话，兴许我会养鸡。绘画并不是重要的，重要的是保持充实。不是我选择了绘画，而是绘画选择了我。

　　有年轻人来信，说自己迷茫困惑，犹豫要不要放弃稳定工作做自己喜欢的事情。人的一生，能找到自己喜欢的事情是幸运的。有自己真兴趣的人，才会生活得有趣，才可能成为一个有意思的人。当你不计功利地全身心做一件事情时，投入时的愉悦、成就感，便是最大的收获与褒奖。今年我一百岁了，往回看，我的一生好像是一天，但这一天里我是尽力开心、满足的，我不知道怎样的生活更美好，我

能做的只是尽力接纳生活赋予我的，让每一个当下完好无损。

我的七岁的曾孙女曾经问我："我可以像曾祖母一样开始绘画吗？现在开始还来得及吗？"我将她拥入怀里，摩挲着她的头发，紧握着她的小手，注视着她，认真回答："任何人都可以作画，任何年龄的人都可以作画。"不喜欢绘画的人，可以选择写作、歌唱或是舞蹈等，重要的是找到适合自己的道路，寻找到你心甘情愿为之付出时间与精力，愿意终生喜爱并坚持的事业。

人之一生，行之匆匆，回望过去，日子过得比想象的还要快。年轻时，爱畅想未来，到遥远的地方寻找未来，以为凭借努力可以

改善一切，得到自己想要的。不到几年光景，年龄的紧迫感与生活的压力扑面而来，我们无一幸免地被卷入残酷生活的洪流，接受风吹雨打。

我的孩子们，投身于自己真正喜爱的事情时的专注与成就感，足以润色柴米油盐酱醋茶这些琐碎日常生活带来的厌倦与枯燥，足以让你在家庭生活中不过分依赖，保留独属于自己的一片小天地。寻觅到一个懂你、爱你的伴侣，两个人组成的小小世界，足以抵挡世间所有的坚硬，即使在面对生活的磨砺与残酷时，也不觉得孤苦，不会崩溃。孕育小生命的过程，会感觉到生命的奇迹，会获得从未有过的力量。当一双小手紧抓着你时，完全地被依赖与信任会让你感受到自我的强大，实现自我蜕变式的成长。

人生并不容易，当年华已逝、色衰体弱，孩子们，我希望你们回顾一生时，会因自己真切地活过而感到坦然，淡定从容地过好生活，直至面对死亡。

失去平衡是平衡的一部分

黄佟佟

这是一个古怪的女人，如果你在街头碰到她，你一定会吓一跳。她上身一件肥大的格子衬衣，下身一条蓝色运动裤，脚下一双旧解放鞋，一条嫩黄长裙有时系在运动裤外，有时当抹汗的颈巾，身上缚着一台旧照相机，相机上系着大大小小不同的毛巾。"我妈妈说我像乞丐，去博物馆被当成露宿者，行山被警察认为是偷渡客。"这个单身女人自嘲地说。

一个快 60 的女人，一生无儿无女，独居在弟弟发财之后送给她的一层西环 500 尺的房子里。她从小生活在南丫岛一个极度贫困的家庭，父亲是跑船的船员，常年不在家，全家靠母亲卖茶果、凉粉和种菜、养猪为生。因为她是大女儿，所以弟弟与妹妹等于都是她带大的，"六七岁就要做家务，每天六点起床卖茶果，卖完赶紧回家烧柴煮饭做家务，还要帮弟弟妹妹喂饭、换尿片……"因为母亲严重重男轻女，她读到小学六年级就辍学去打工，到26岁的时候，因为弟弟要结婚，家里房子太小，她就被母亲赶出家庭，大半生做着最底层的工作，当过电子厂女工，也当过晒相店店员，还当过餐饮侍应，后来成为报社的摄影记者，终生都没有发过财。又因为从小看到女人为妻为母的不容易，终身都没有结婚，她大半生里只要储了一点点钱，假期就会去各地旅行拍照，户头上常年只有一千块钱。

按我们常人的理解，这个女人一辈子可怜极了，狼狈极了，生活全面失衡。可是站在我们眼前的她却很快乐，她快乐的原因是她历经半生终于寻找到了自己想要的生活。尽管她有一个巨有钱的弟弟，但她从不惦记在他那里得到什么，她一直靠着自己的努力独立生活，她所做的一切都是自己喜欢的事。年近60的她，可以连续四年都躲在草丛里拍她的蜻蜓，"一年只有两个月可以拍，不可以太热，下雨也不停，我就喜欢挑战高难度"。她拍照得过很多奖，还会开摄影展，日子过得充实又忙碌。她在她的摄影展上穿着红衣化着妆，笑容很灿烂，没有一丝阴霾。

这位香港女性叫周聪玲，巨星周润发的胞姐，香港著名的女摄影家，今年三月她才开了自己的摄影展——"心眼看大千世界"。听完她的故事，我真的挺震动，因为我看到的不是一个成功的个案，而是一个人在完全失衡的人生里找到了属于自己的一种平衡的故事——她把生活给予她的一切都当成是礼物，她不纠结于过去，而是拿起相机，走在空旷的山野里，用创作改变自己的生活，让灵魂轻盈起舞，让内心悠然自得。她的满足和快乐甚至感染了她的巨星弟弟，身家十几亿的周润发也和姐姐一样，拿起相机，穿山越岭，到处拍摄，到最后，我们才发现，两姐弟要走过 40 年的风霜，才发现彼此原来殊途同归，走上了同一条路，奔跑在野外天地里为自己的灵魂寻找栖息地。

有时候，我们很不幸，遇到一个无法改变的失衡的世界，怎么办？也许最要紧的是面对失衡，接纳失衡。没有爱的童年，剥夺了自由的时间，重男轻女的母亲，备受伤害的岁月，这些都是不可改变的，只有接受。因为，你失衡的人生，可能本身就是人生的一部分，就像阴影是光明的背面，不完美是完美的背面，而失衡是平衡的背面。

不是每一个人都必须是美女，不是每一种人生都必须幸福，不是每一秒钟都必须平衡，也许，人生本就是从一个平衡跑向另一个平衡的过程。

在所有的关于求取平衡的秘诀里，我最喜欢的一句话是电影 *Eat Pray Love* 里智慧上师的那句台词："有时候，失去平衡恰恰是平衡的一部分。"

"往前走，天就亮了"

倪 萍

　　录完《等着我》回到家已是夜里十点多。很多人问我，为什么深更半夜又想起再次出山？深更半夜，这个词用得好！往不好里想是不合时宜，往好里猜是提醒我此举有风险。当然也有朋友鼓励："往前走，天就亮了。"

　　其实对于我来说，从天黑到天亮又复至天黑，已经好几个来回了。早就认定人生几乎谁也逃脱不了这条看似没有轨迹的轨道，只不过谁先黑谁先亮罢了。

　　我不想再拿起话筒是因为如今我的天黑、天亮不在这条轨迹上。再做个栏目，再上电视上生活一段儿，这不是我的梦想，或者说它不在我的计划之列。所以台里找我的时候，我一口回绝，回绝的理由是不到我这个年龄的人无法理解的。大众意义上的名和利都远远不能满足我们的内心渴求，这个渴求说大无限大，说小也无限小，大小都遵从自己内心真正的需求和愿望。什么都尝过了，什么都拥有了，你才知道什么是你想要的，什么是你能吞咽下的，什么是可以在你生命里再生的。仅仅年龄往上长，体重往肥里增，就只剩下个老。生命只是活着，长寿也仅是个数字，这是多么可怜又多么可惜啊！

遵从自己内心的有两种人。一种自恋，这没什么不好，别人怎么看已经不重要了，重要的是自己看重自己，于是就有了旁人的种种不理解。还有一种是太早太早就知道自己这一生要的是什么，只不过年轻的时候太蒙眬，随着年纪的增大，要的东西越发清晰而已。于是出现了一个看上去很可怕的生命状态：想干吗干吗，不想干吗别硬撑着干吗；高兴干吗就干吗，不高兴干吗就不干吗。不为他人活着，只为自己活着。多么自私的一个人，倚老卖老；多么讨厌的一个人，装聋作哑。

很多时候我自己审视自己：一味地遵从自我，一味地放纵自己，到底是对是错？放纵到我妈这个岁数还有三十年，放纵到姥姥那个岁数还有近五十年。看着我妈，她是遵从自己而活吗？为了不让她血管栓住，我们无条件地宠着她。她说月季花好，我们公共的院里，前后左右都让她把花种满了。她说树好，最远跑到河北，黑更半夜地拉回七棵果树。儿子说："真好，前人栽树后人乘凉。"母亲说："错了，现在是谁想乘凉谁栽树去！"一副只为自己活着的架势。不对吗？有时看上去不对。我的助手小倩让我劝劝老太太："不能再买花了，第二个莱太花市马上就要在咱院里落成了。"七棵果树已经死了两棵了，不远的河北也去了好几趟了，可是我们谁都张不开这个嘴，因为眼看着母亲摆出了那副当家做主的样子。我们都说，这比上医院看病省钱多了。

遵从自己就是衣服越穿越肥，鞋越穿越软，不照镜子、不上秤称，进门和出门可以是一个人，越活越简单，好像这个世界只剩下你自己了，别人怎么看你，你都不在乎。舒服了一个人，难受了所有人。

成功者说什么都是对的，有资本了做什么都有理由。

今年4月18日，中国视协演员工作委员会颁发演员形象金榜，我和濮存昕分获演员公众形象的男女金榜，在台上致领奖词时我说："我不愿意获这个奖，谁能成为榜样啊？这压力太大了，天下哪有完美的人？就说胖这事吧，本来这纯属个人的事，我这么大年纪了，也不出图像了，在家随便吃随便胖是个人的选择。但是因为做了个出名的职业，于是你就被各种与你不相关的人管着，说你胖了、难看了、老了，一片关心，一片担忧，有的干脆开骂了。我其实挺感动的，他们没有任何企图，不求任何回报，单纯得只剩下关注你、对你好，你还不领情，你是块石头？"这也是我不想再拿起话筒的一个原因吧，不想被众人管着，遵从自我。

真正意义上的遵从自我实际上不是放任。每个人的骨子里都是有底线的，这个底线谁都清楚。社会、家庭、团队，都是一张无形的网，纵横交错地网着你，你可以视而不见，却脱离不了它。

于是我在考虑了半个月后，决定接手《等着我》。

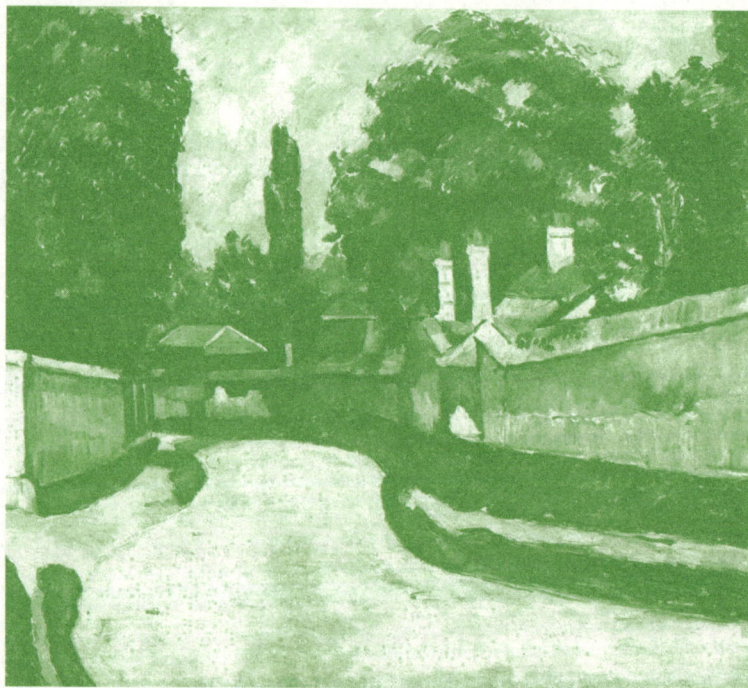

笨笨的倒好

廉　萍

前两天读《豳风·七月》，再次被下面几句惊艳："春日载阳，有鸣仓庚。女执懿筐，遵彼微行，爰求柔桑。春日迟迟，采蘩祁祁。女心伤悲，殆及公子同归。"春天来了，太阳很暖，有黄莺在叫。女子们提着深筐，沿着小路，去采桑叶。很多人在采蘩。远古的明媚，扬之水先生曾称之为"美丽的《七月》中最美丽的一小段"。

这美丽的文字，末两句，却历来众说纷纭：为何伤悲，公子是谁。有说担心被诸侯之子抢掠的，有说担心随诸侯之女远嫁的，有说思嫁的。《管锥编》曾言："苟从毛郑之解，则吾国咏伤春之词章者，莫古于斯。"总之是忧伤。读之莫名，却明亮而喧哗的忧伤。

忽然脑洞，想起《今生今世》里一段话，讲胡张初识："才去看了她三四回，张爱玲忽然很烦恼，而且凄凉。女子一爱了人，是会有这种委屈的。她送来一张字条，叫我不要再去看她，但我不觉得世上会有什么事冲犯，当日仍又去看她，而她见了我亦仍又欢喜。以后索性变得天天都去看她了。"

一向不喜胡兰成为人与为文，却不得不承认他这里有一句，说得对。女心伤悲。至于二人后来仳离，那简直是一定的。即使不逢乱世，也难有始终。因为以套路对情深。整篇《民国女子》读下来，看到的总是一方的笨拙与绽放，另一方的熟练周旋与沾沾得意。难免叹息。胡兰成的文字自然是好的，但那种妆容精致的好，叫人一看就不喜欢。

红楼里，贾琏也是处处留情的摘花客。看他对多姑娘，"多以金帛相许"之后，"也不用情谈款叙，便宽衣动作起来"。对鲍二家的，趁凤姐生日坐席不在家，"就开了箱子，拿了两块银子，还有两根簪子，两匹缎子"，叫丫头悄悄送去，叫他进来，又布置丫头出门望风。总是轻车熟路、行云流水一般。《金瓶梅》里的西门庆，刮剌好几个家人媳妇，差不多也都是这一套路。太熟套，就和"情"无关了。

相形之下，自然是宝黛的笨拙。从情不自禁的失言，到患得患失的斟酌；从求全之毁的口角，到不虞之隙的赌气；从煞费苦心的试探，到急眉赤眼的摔玉；从对月长吁，到临风洒泪；从抱病，到焚稿……无一不是用力过猛，生手初次——直看得人屏息静气，心存敬意，无限怜惜。无他，此中有真意。一个"真"字，抵得过万千套路。

"笨笨的倒好"，这句话，本来是王夫人褒赞袭人麝月的，以为她们两个不解风情，不会勾引宝玉。其实挪用到宝黛爱情上，也正合适。这大概是王夫人没想到的。人生初相见，谁都没经验。事情搞砸了，从头再来一遍。所以宝玉一次次道歉，黛玉一次次原谅，看客一次次替古人着急，动容入戏。

也许世人没都那么幸运，七八岁时遇上的第一个，就是"看着面善""何等眼熟"的木石前盟。我不知道七八十岁才遇上的，有没有。遇到好几个才找到对的"那一个"，也许更是人生常态吧。碰对了，情真了，面对一个人，突然笨起来，不知为什么常常难过，就对了。自己会知道的。至于对面的那个人，是不是和你一样，只能交给天意，已经不重要了。重要的是及时止损，像张爱玲一样。

《桃花扇》结尾有几句诗："大道才知是，浓情悔认真。回头皆幻景，对面是何人。"悟固然是悟了，未免太绝情。悔什么呢？大道与浓情，本来就是人生这枚硬币的两个面。

到地坛朝拜史铁生

侯德云

从 1995 年到现在，我不知读过多少遍《我与地坛》。

那年 3 月，春风文艺出版社的"布老虎丛书散文卷"正式出版发行，其中包括史铁生的散文集《好运设计》。我几乎是在第一时间读到这套丛书，对《好运设计》印象最深。那是我第一次接触史铁生的文学作品。书中的两篇佳作，让我至今记忆犹新。一篇极短，《合欢树》；一篇很长，《我与地坛》。

读完《我与地坛》，我的精神状态立马就有了改变。从此我是心里有图腾的人了。图腾名叫史铁生。

1997 年 4 月下旬，我和妻子一道，从辽东半岛一个名叫瓦房店的小城，登上开往北京的绿皮火车，经过一夜轰隆，天亮后顺利赶到此行的目的地之一——地坛。

事情的缘起，是我接到邀请，去郑州参加一个文学活动。那时候我是一个懵懂的文学青年，第一次接到正式的笔会邀请。妻子执意要陪我完成这次文学行程，就便为她的旅游爱好添枝加叶。

我面对一张中国地图郑重做出决定，顺路到北京去，到地坛去。

那年春节前，著名文化学者孙郁老师从北京回到故乡，在酒桌上聚谈时，我无意中提到春天的地坛之行，他很是纳闷，说德云你去地坛干吗？我笑而不答。他又说，你再去北京，通知我一声，我领你去一个好去处。我后来才知道，孙郁老师要引见给我的"好去处"，叫三联韬奋图书中心。那真是一个好去处。在网络书店出现之前的很多年，它一直都是我心中的圣地，就像地坛是史铁生的圣地一样。

我到史铁生的圣地去朝拜史铁生。

我至今还记得那次朝拜的整个过程。

我和妻子披着一身朝霞走进地坛，一直盘桓到夕阳西下才离开。其间，我断断续续向妻子讲述《我与地坛》中的人物和细节，讲述命运对史铁生的无端打击，讲述那个年轻人"正活到最狂妄的年龄上忽地残废了双腿"，于是只好坐上轮椅，一次次到离家很近的地坛来排遣沉积在心中的绝望。那时候地坛还是一片荒园。那个绝望的年轻人经常"一天到晚耗在这园子里"，跟别人上下班没

什么两样。

　　一路随意漫步，一路观赏《我与地坛》中的地坛风貌。古殿檐头的琉璃，门壁上的朱红，一段段高墙，苍幽的老柏树和林间的野草荒藤，等等，它们都在。我知道，史铁生在文中没有提到的诸多元素，偶尔的风声，不知从哪儿传出的鸟鸣，树叶筛过的细碎阳光……他也都见过，只是觉得不必说出而已。

　　史铁生把他的轮椅叫"车"。他说："地坛的每一棵树下我都去过，差不多它的每一米草地上都有我的车轮印。"

　　这意味着，我的很多脚印，会跟史铁生的车轮印重叠在一起。这很好。这是一次不为外人所知的只属于我和史铁生的秘密交流。

　　《我与地坛》写于1991年，那时候史铁生不光发表了小说，还获了大奖。他说："15年了，我还是总到那古园里去，去它的老树下或荒草边或颓墙旁，去默坐，去呆想，去推开耳边的嘈杂理一理纷乱的思绪，去窥看自己的心魂。"

如果史铁生在《我与地坛》中只倾诉命运对他个人的打击，那就太单薄也太偏激了，他不会。作为一个优秀作家，他不会只关注命运中的自己。

是命运让史铁生知道，"儿子的不幸在母亲那里是要加倍的"。他不能不写母亲，不能不写母亲在骤然而至的残酷打击面前所呈现的无边无际的惊忧，以及无边无际的无助感。

史铁生去过的每一棵树下和每一米草地上，其实也都有他母亲的脚印。每次他在园中待得太久了，母亲都要来找他。母亲找他却又不想让他知道，只要远远望见就悄悄回去。他多次看见母亲缓缓离去的背影，也多次看见母亲四处张望的焦灼情状。而最让我动容的，是他笔下一次刚走出家门的瞬间叙事："我摇车走出小院，想起一件什么事又反身回来，看见母亲仍站在原地，还是送我走时的姿势，望着我拐出小院的那处墙角，对我的回来竟一时没有反应。"

我把这段叙事复述给妻子，我看见妻子的眼眶里有泪水在打转。

不仅仅是母亲，经常来地坛的，还有另外一些失意人或者叫奋斗者，或者是安于生活现状的普通人，史铁生也都一一提到了：拉三轮车为生的长跑家，天天早晨来练习唱歌的小伙子，卓尔不群的豪饮者，捕鸟的汉子，穿园而过的女工程师，围绕地坛逆时针散步的夫妻，漂亮却弱智的小姑娘……是他们，开启了史铁生关于生死、关于情爱、关于未来的沉思。是他们让他知道，牵牛花初开的时节，葬礼的号角已经吹响。

然而只有打击是不够的，还要有抗争。写作是史铁生的抗争方式，同样，在环城长跑赛中拿到名次是长跑家的抗争方式，唱歌是小伙子的抗争方式。

我把这些抗争方式也都说给妻子。我用六七个小时的时间，向妻子解读了一篇当代散文经典。这是我近距离向史铁生表达敬意的方式，也是我的朝拜方式。

中午，我和妻子在一棵老柏树下停住脚步。我们在树下休息，闲谈，吃简单的午餐。临走前，我在那棵树下照了一张相。那是我跟史铁生的合影，也是我跟《我与地坛》的合影。

走出地坛的那一刻，我对妻子说："《我与地坛》让我目睹了中国当代散文的深度，同时也改变了我对中国当代散文的看法。"我觉得说出这话的时候，我的文学身高一下子增长了许多。

当晚，我和妻子坐上开往郑州的火车。我怀揣一腔激动，像一只蛾，急匆匆扑向文学的灯火。

无常便是常

人生应该谅解，应该快乐。对人生从容一点儿，别嚣张。

世界大了，我也老了

黄永玉

人活着总要对得起这一天三顿饭，而我只会画画和写点东西。

对我来说，写东西是比较快活的，快活的基础是好多朋友喜欢看我写的东西。至于画画，我的朋友也喜欢，但画画更大的好处就是可以卖钱，卖了钱可以请朋友吃饭，可以玩，但画画没有写文章这么让我开心。

我的每一张画都是带着遗憾完成的。画完一张画，发现问题了，告诉自己下张要注意，但到了下张画，又有其他遗憾，所以画画是一辈子在遗憾的过程中。

常有人说我画风多变，因为我没有受过任何专业训练，画风自然不会有太多约束。就如我常讲的，我没有吃过正餐，都是地上捡一点吃一点，东南西北到处跑，到处捡，就形成了自己这么一个形式，也可以叫作风格。

但我对文学是比较认真的。我写文章都是一个字一个字地检查，有时一小段话要改好几遍。我胆子小，因为这里的前辈很多，不能不小心。过去，我很害怕表叔沈从文先生，他看我的文章一定要改很多，改的甚至比我写的还多。"文化大革命"的时候我帮他烧书、烧稿子，里面有很多丁玲的文字，我发现他改的比丁玲写的还多。

沈从文是个很规矩的老实人，一辈子朴素地生活和工作。他不像我，我是盐，他是棉花，如果历史是雨的话，他将越来越重，而我将越来越轻。我是经不起历史淋浴的，因为我太贪玩而又不太用功。

我的创作源于复杂的生活，这里头有痛苦，有凄凉。快乐不是我的追求，复杂的生活经历才是。快乐是为人生找一条出路，一种观点，一个看法。人生应该谅解，应该快乐。对人生从容一点，别嚣张。苦的时候别嚣张，得意的时候更不要，这需要修养，有知识的修养，也有人生的修养。我对一个年轻的朋友说，不要光研究胜利者的传记，也要研究一下失败者的传记。胜利者的传记里有很多夸张的东西，而失败者的传记里有很多东西都是真实的。

我也写传记，《无愁河的浪荡汉子》已经完成了第一卷，正在写第二卷。我希望我能自己写完。这可能是悲剧，也可能是喜剧。一个人到 90 岁了还在写 12 岁的故事，而且还有这么漫长的岁月要

写，恐怕是个悲剧，恐怕写不完。不过，我会坚持写到最后一口气。有时候，真希望可以放一天假，安心地出去玩一玩。我玩的时间真的很少，因为每到一定的时候，就会有人来催稿。看来100岁之前是没机会了。

每天上午，趁着脑子还清楚，我就写写东西；下午，就画画；三四点钟，好朋友就来了，大家一起聊聊天，看看电视。我只和聊得来的人玩，不喜欢的，我都不会和他说话。周末，会有固定的朋友来家里和我一起看《非诚勿扰》，看完了听听音乐，逗逗狗。

我养了很多狗，其中一只叫民主，一只叫科学。名字并不重要，但是对于民主和科学的态度，我是有看法的。民主和科学是五四运动时期提出来的口号，今天来看，所有进程中发生的问题，就是个科学问题，民主只是某一个阶段一种政策的表现形式而已。

我的生活很简单，我的手指头从来没有碰过电脑。有人问我电器方面懂得什么，我说手电筒——除了手电筒，别的我都是外行。

唉，世界长大了，我也老了。

人生有命

杨 绛

神明的大自然，对每个人都平等，不论贫富尊卑、上智下愚，都有灵魂，都有个性，都有人性。但是每个人的出身和遭遇、天赋的资质才能，却远不平等。有富贵的，有贫贱的，有天才，有低能，有美人，有丑八怪。凭什么呢？人各有"命"。"命"是全不讲理的。孔子曾慨叹："命也夫！斯人也而有斯疾也！"（《雍也第六》）是命，就理不过。所以只好认命。"不知命，无以为君子"（《尧曰二十》）。曾国藩顶讲实际，据说他不信天，信命。许多人辛勤一世，总是不得意，老来叹口气说："服服命吧。"

我爸爸不信命，我家从不算命。我上大学二年级的暑假，特地到上海报考转学清华，准考证已领到，正准备转学考试。不料我大弟由肺结核忽转为急性脑膜炎，高烧七八天后，半夜去世了。

全家都起来了没再睡。正逢酷暑，天亮就入殓。我那天够紧张的。我妈妈因我大姐姐是教徒，入殓奉行的一套迷信规矩都托付了我。有部分在大弟病中就办了。我负责一一照办，直到盖上棺材。丧事自有家人管，不到一天全办完了。

下午，我浴后到后园乘凉，后园只有二姑妈和一个弟弟、两个妹妹（爸爸妈妈都在屋里没出来）。忽听得墙外有个弹弦子的走过，这是苏州有名的算命瞎子"梆冈冈"。因为他弹的弦子是这个声调，"梆冈冈"就成了他的名字。不记得是弟弟还是七妹妹建议叫瞎子进来算个命，想借此安慰妈妈。二姑妈懂得怎样算命，她常住我们家，知道每个人的"八字"。她也同意了。我们就叫女佣开了后门把瞎子引进园来。

瞎子一手抱着弦子，由女佣拉着他的手杖引进园来，他坐定后，问我们算啥。我们说"问病"。二姑妈报了大弟的"八字"。瞎子掐指一算，摇头说："好不了，天克地冲。"我们怀疑瞎子知道我家有丧事，因为那天大门口搭着丧棚呢。其实，我家的前门、后门之间，有五亩地的距离，瞎子无从知道。可是我们肯定瞎子是知道的，所以一说就对。我们要考考他。我们的三姐两年前生的第一个孩子是男孩，不到百日就夭折了。他的"八字"二姑妈也知道。我们就请瞎子算这死孩子的命。瞎子掐指一算，勃然大怒，发作道："你们家怎么回事，拿人家寻开心的吗！这个孩子有命无数，早死

了!"瞎子气得脸都青了。我和弟弟妹妹很抱歉,又请他算了爸爸、妈妈、弟弟和三姊姊的命——其他姐妹都是未出阁的小姐,不兴得算命。瞎子虽然只略说几句,都很准。他赚了好多钱,满意而去。我第一次见识了算命。我们把算命瞎子的话报告了妈妈,妈妈听了也得到些安慰。那天正是清华转学考试的第一天,我恰恰错过。我一心要做清华本科生,末一个机会又错过了,也算是命吧。不过我只信"梆冈冈"会算,并不是对每个算命的都信。而且既是命中注定,算不算都一样,很不必事先去算。

我和钱锺书结婚前,钱家要我的"八字"。爸爸说:"从前男女不相识,用双方八字合婚。现在已经订婚,还问什么'八字'?如果'八字'不合,怎办?"所以钱家不知道我的"八字"。我公公的《年谱》上,有我的"八字"。他自己也知道不准确。我们结婚后离家出国之前,我公公交给我一份钱锺书的命书。我记得开头说:"父猪母鼠。妻小一岁。命中注定。"算命照例先要问几句早年的大事。料想我公公老实,一定给套出了实话。所以我对那份命书全都不信了。那份命书是终身的命,批得很详细,每步运都有批语。可是短期内无由断定准不准。末一句我还记得:"六旬又八载,一去料不返。"批语是:"夕阳西下数已终。"

我后来才知道那份命书称"铁板算命"。一个时辰有一百二十分钟,"铁板算命"把一个时辰分作几段算,所以特准。

我们由干校回北京后，"流亡"北师大那年，锺书大病送医院抢救。据那位算命专家说，那年就可能丧命。据那位拜门学生说，一般算命的，只说过了哪一年的关，多少年后又有一关，总把寿命尽量拉长，决不说"一去料不返"或"数已终"这等斩绝的话。但锺书享年八十八岁，足足多了二十年，而且在他坎坷一生中，运道最好，除了末后大病的几年。不知那位"铁板算命"的又怎么解释。

　　"生死有命"是老话。人生的穷通寿夭确是有命。用一定的方式算命，也是实际生活中大家知道的事。西方人有句老话："命中该受绞刑的人，决不会淹死。"我国的人不但算命，还信相面，例如《麻衣相法》就是讲相面的法则。相信相面的，认为面相更能表达性格。吉卜赛人看手纹，预言一生命运。我翻译过西班牙的书，主人公也信算命，大概是受摩尔人的影响。西方人只说"性格即命运"或"性格决定命运"。反正一般人都知道人生有命，命运是不容否定的。

白发

冯骥才

人生入秋，便开始被友人指着脑袋说："呀，你怎么也有白发了？"

听罢笑而不答。偶尔笑答一句："因为头发里的色素都跑到稿纸上去了。"

就这样，嘻嘻哈哈、糊里糊涂地翻过了生命的山脊，开始渐渐下坡来。或者再努力，往上登一登。

对镜看白发，有时也会认真起来：这白发中的第一根是何时出现的？为了什么？思绪往往会超越时空，一下子回到了少年时——那次同母亲聊天，母亲背窗而坐，窗子敞着，微风无声地轻轻掀动母亲的头发，忽见母亲的一根头发被吹立起来，在夕照里竟然银亮银亮，是一根白发！这根细细的白发在风里柔弱摇曳，却不肯倒下，好似对我召唤。我第一次看见母亲的白发，第一次强烈地感受到母亲也会老，这是多可怕的事啊！我禁不住过去扑在母亲怀里。母亲不知出了什么事，问我，用力想托我起来，我却紧紧抱住母亲，好似生怕她离去……事后，我一直没有告诉母亲这究竟为了什么。最浓烈的感情难以表达出来，最脆弱的感情只能珍藏在自己心里。如今，母亲已是满头白发，但初见她白发的感受却深刻难忘。那种人生感，那种凄然，那种无可奈何，正像我们无法把地上的落叶抛回树枝上去……

当妻子把一小酒盅染发剂和一支扁头油画笔拿到我面前，叫我帮她染发，我心里一动，怎么，我们这一代生命的森林也开始落叶了？我瞥一眼她的头发，笑道："不过两三根白头发，也要这样小题大作？"可是待我用手指撩开她的头发，我惊讶了，在这黑黑的头发里怎么会埋藏这么多的白发！我竟如此粗心大意，至今才发现才看到。也正是由于这样多的白发，才迫使她动用这遮掩青春衰退的颜色。可是她明明一头乌黑而清香的秀发呀，究竟怎样一根根悄悄变白的？是在我不停歇的忙忙碌碌中、侃侃而谈中，还是在不舍昼夜的埋头写作中？是那些年在大地震后寄人篱下的茹苦含辛的生活所致？是为了我那次重病内心焦虑而催白的？还是那件事……几乎伤透了她的心，一夜间骤然生出这么多白发？

黑发如同绿草，白发犹如枯草；黑发像绿草那样散发着生命诱人的气息，白发却像枯草那样晃动着刺目的、凄凉的、枯竭的颜色。我怎样做才能还给她一如当年那一头美丽的黑发？我急于把她所有变白的头发染黑。她却说："你是不是把染发剂滴在我头顶上了？"

我一怔。赶忙用眼皮噙住泪水，不叫它再滴落下来。

一次，我把剩下的染发剂交给她，请她也给我的头发染一染。这一染，居然年轻许多！谁说时光难返，谁说青春难再，就这样我也加入了用染发剂追回岁月的行列。谁知染发是件愈来愈艰难的事情。不仅日日增多的白发需要加工，而且这时才知道，白发并不是由黑发变的，它们是从走向衰老的生命深处滋生出来的。当染过的头发看上去一片乌黑青黛，它们的根部又齐刷刷冒出一茬雪白。任你怎样去染，去遮盖，它还是茬茬涌现。人生的秋天和大自然的春天一样顽强。挡不住的白发啊！开始时精心细染，不肯漏掉一根。但事情忙起来，没有闲暇染发，只好任由它花白。染又麻烦，不染难看，渐而成了负担。

这日，邻家一位老者来访。这老者阅历深，博学，又健朗，鹤发童颜，很有神采。他进屋，正坐在阳光里。一个画面令我震惊——他不单头发通白，连胡须眉毛也一概全白；在强光的照耀下，蓬松柔和，光明透澈，亮如银丝，竟没有一根灰黑色，真是美极了！我禁不住说，将来我也修炼出您这一头漂亮潇洒的白发就好

了，现在的我，染和不染，成了两难。老者听了，朗声大笑，然后对我说："小老弟，你挺明白的人，怎么在白发面前糊涂了？孩童有稚嫩的美，青年有健旺的美，你有中年成熟的美，我有老来冲淡自如的美。这就像大自然的四季——春天葱茏，夏天繁盛，秋天斑斓，冬天纯净。各有各的美感，各有各的优势，谁也不必羡慕谁，更不能模仿谁，模仿必累，勉强更累。人的事，生而尽其动，死而尽其静。听其自然，对！所谓听其自然，就是到什么季节享受什么季节。哎，我这话不知对你有没有用，小老弟？"

我听罢，顿觉地阔天宽，心情快活。摆一摆脑袋，头上花发来回一晃，宛如摇动一片秋光中的芦花。

无关岁月

时间其实是一条永不停止的长河，无法从其中分割出一个截然的段落。我们把时间划分成日、月、年，是从自然借来某一种现象，以地球、月球、太阳或季节的循环来假设时间的段落。时间，也便俨然似乎有了起点和终点，有了行进和栖止，有了盛旺和凋零，可以供人感怀伤逝了。

"抽刀断水水更流"，在岁月的关口，明知道这关口什么也守不住，却因为这虚设的关口，仿佛也可以驻足流连片刻，可以掩了门关，任他外面急景凋年，我自与岁月无关啊！

今日的过年是与我童年相差很大了。

在父母的观念中，过年是一件了不得的大事。1951 年许，我们从大陆迁台，不仅保留了故乡过年的仪节规矩，也同时增加了不少本地新的习俗，我孩童时代的过年便显得异常热闹忙碌。

母亲对于北方过年的讲究十分坚持。一进腊月，各种腌腊风干的食物，便用炒过的花椒盐细细抹过，浸泡了酱油，用红绳穿挂了，一一吊晒在墙头竹竿上。用土坛封存发酵的豆腐乳、泡菜、糯米酒酿，一缸一瓮静静置于屋檐角落。我时时要走近去，把耳朵俯贴在坛面上，仿佛可以听到那平静厚实的稳重大缸下酝酿着美丽动人的声音。

母亲也和邻居本地妇人们学做了发粿和闽式年糕。

碾磨糯米的石磨现在是不常见到了。那从石磨下汩汩流出的白色米浆，被盛放在洗净的面粉袋中，扎成饱满厚实胖鼓鼓的样子，每每逗引孩子们禁不住去戳弄它们。水分被挤压以后凝结的白色的米糕，放在大蒸笼里，底下加上彻夜不熄的炽旺的大火，那香甜的气味，混杂着炭火的烟气便日夜弥漫我们的巷弄。放假无事的孩童，在各处忙碌的大人脚边钻窜着，驱之不去。连那因为蒸年糕而时常引发的火警，消防车当当赶来的急迫和匆促，也变成心中不可解说的紧张与兴奋。

早年台湾普遍经济状况并不富裕的情况下，过年的确是一种兴奋的刺激，给贫困单调的生活平添了一个高潮。

在忙碌与兴奋中，也夹杂着许多不可解的禁忌。孩子们一再被提醒着不准说不吉祥的话。禁忌到了连同音字或一切可能的联想也被禁止着。单方面地禁止孩子，便不生什么实际的效果，母亲就干脆用红纸写了几张"童言无忌"，四处张贴在我们所到之处。

母亲也十分忌讳在腊月间打破器物，如果不慎失手打碎了盘碗，必要说一句："岁岁（碎碎）平安。"

这些小时候不十分懂，大了以后有一点厌烦的琐细的行为，现今回想起来是有不同滋味的。

远离故土的父母亲，在异地暂时安顿好简陋的居处，稍稍歇息了久经战乱的恐惧不安，稍稍减低了一点离散、饥饿、流亡的阴影，他们对于过年的慎重，许多他们看来迷信的禁忌，他们对食物刻意

丰盛的储备，今天看来，似乎都隐含着不可言说的辛酸与悲哀。

　　我孩童时的过年，便对我有着这样深重的意义，而特别不能忘怀的自然是过年的高潮——除夕之夜了。除夕当天，母亲要蒸好几百个馒头。数量多到过年以后一两个月，我们便重复吃着一再蒸过的除夕的馒头。而据母亲说，我们离开故乡的时候，便是家乡的邻里们汇聚了上百个馒头与白煮鸡蛋送我们一家上路的。

　　馒头蒸好，打开笼盖的一刻，母亲特别紧张，她的慎重的表情也往往使顽皮的我们安静下来，仿佛知道这一刻寄托着她的感谢、怀念，她对幸福圆满简单到不能再简单的祝愿。

我当时的工作便是拿一支筷子，蘸了调好的红颜色，在每一个又胖又圆冒着热气的馒头正中央点一个鲜丽的红点。

在母亲忙着准备年夜饭的时候，父亲便裁了红纸，研了墨，用十分工整的字体在上面写一行小字："历代本门祖宗神位。"

父亲把这字条高高贴在白墙上，下面用新买的脚踏缝衣机做桌案，铺了红布，置放了几盘果点，两台蜡烛，因为连香炉也没有，便用旧香烟罐装了米，上面覆了红纸，端端正正插了三炷香。香烟缭绕，我们都曾经依序跪在小竹凳上，向这简陋到不能再简陋的宗族的祖先神祠叩了头。

在人们的心中，如果还存在着对生命的慎重，对天地的感谢，对万物的敬爱与珍惜，便一定存在着这香烟缭绕的桌案吧。虽然简陋到不能再简陋，在我的记忆中，却如同华贵庄严的神麻俎豆，有我对生命的慎重，有我对此身所有一切的敬与爱，使我此后永远懂得珍惜，也懂得感谢。

我喜欢中国人的除夕。年事增长，再到除夕，仿佛又回到了那领压岁钱的欢欣。我至今仍喜欢"压岁钱"这三个字，那样粗鄙直接，却说尽了对岁月的惶恐、珍重，和一点点的撒赖与贿赂。而这些，封存在簇新的红纸袋中，递传到孩童子侄们的手上，那抽象无情的时间也仿佛有了可以寄托的身份，有许多期许，有许多愿望。

无常便是常

每当有熟人或朋友以突然的方式离世，我们都会痛感人生无常。然而大凡世事，何以一次远游就客机失联了呢？一次喜庆的狂欢就遭遇踩踏事件再也没有归来呢？地震、海啸、塌方、火灾、枪击事件等天灾人祸都是在猝不及防的时刻降临。这样一想，其实我们的生活危机四伏，没有谁有真正的安全感。因为无常便是常态。

懂得无常是常的道理，就可以检测我们的生活态度乃至人生观。作为个体的人，一个人便是一个圆，别人很难掺和进去。尤其是成功人士，从赤手空拳到硕果累累，其中的甘辛与艰难无从与外人道，加上品质优秀难自弃，终极目标会定得很高。然而所谓的一步之遥常常是千山万水，最终死在成功的路上并不出奇。这便是我们人人都会产生的意念——不甘心。其中所谓的突发状况，终是日日的点滴积累所致，不可能一天病倒。只是我们过于偏执，只关注我们认为最重要的东西，轻看了岁月留痕。

这也是成功学最害人的地方，它宣扬的案例让我们感觉到唯一的标识就是官位、权势、财富。但其实做自己喜欢的事，财务自由，受到别人由衷的敬重，等等，凡达成一项者都可以视为成功。再者，无论是哪种成功都是个人心愿所致，与他人无关。那么死而后已或许也是一种幸福。怕只怕最终明了心愿虽大，还是比生命小，珍惜自己也是同等重要的课业。

生命有限，岁月无常，这是在说人生是有大制约大局限的，并非以个人意志为转移。哪怕年轻气盛哪怕身强力壮，或者一时得风得雨一时前途无量，都保不齐受到无常是常的逆袭，这个因素就像癌细胞一样秘密地潜伏在我们的机体里。只有在这样的大背景下，那些我们熟悉的警言金句才成立，才令人听得进去。否则以人性的弱点看，我们常常会膨胀到认为自己法力无边，毫无疆界。但其实并没有那么一回事，在你之外，有人管着；在人之外，有天管着。

所以要听老祖宗的话，回到常识做人，要清白踏实，懂得珍重感恩，谁都不是随随便便在我们生命的过程中停留的，请爱惜他们，那就是爱惜我们自己。即使一时春风得意也别忘了纲常和根本，即使一时不顺遍体鳞伤也不要放弃自己。皆因无常是常，相信当年的马云和马化腾绝对想象不到自己今天的样子。

不顾一切地老去

张丽钧

天光有些暗。我侧脸照了一下镜子，竟被镜中的影像吓了一跳。那个瞬间的我，像极了自己的母亲；一愣神儿的工夫，我越发惊惧了，因为，镜中的影像，居然又有几分像我的外祖母了。我赶忙揿亮了灯，让镜中那个人的眉眼从混沌中浮出来。

——这么快，我就撵上了她们。

母亲有一件灰绿色的法兰绒袄子。盆领，泡袖，掐腰，用今天的话说，是"很萌"的款式。大约是我读初二那年，母亲朝我抖开那件袄子说："试试看。"我眼睛一亮——好俏气的衣裳！穿在身上，刚刚好。我问母亲："哪来的？"母亲说："我在文化馆上班的时候穿的呀。"我大笑。问母亲："你真的这么瘦过？"

后来，那件衣服传到了妹妹手上。她拎着那件衣服，不依不饶地追着我问："姐姐，你穿过这件衣服？你真的那么瘦过吗？"

现在，那件衣服早没了尸首。要是它还在，该轮到妹妹的孩子追着妹妹问这句话了吧。

人说，人生禁不住"三晃"：一晃，大了；一晃，老了；一晃，没了。

记得一个爱美的女子曾说过这样一段话：揽镜自照，小心翼翼地问候一道初起的皱纹："你是路过这里的吧？"皱纹不搭腔，亦不离开。几天后，再讨好般地问一遍："你是来旅游的吗？"皱纹不搭腔，亦不离开。照镜的人恼了，遂对着皱纹大叫："你以为我有那么天真吗！我早知道你既不是路过，也不是旅游，你是来定居的呀！"

有个写诗的女友，是个高中生的妈妈了，夫妻间唯剩了亲情。一天早晨她打来电话，跟我说："喂，小声告诉你——我梦见自己在大街上捡了个情人！"还是她，一连看了八遍《廊桥遗梦》。"罗伯特站在雨中，稀疏的白发，被雨水冲得一绺一绺的，悲伤地贴在额前；他痴情地望着车窗里的弗朗西斯卡，用眼睛诉说着他对四天来所发生的一切的刻骨珍惜。但是，一切都不可能再回来了……我哭啊，哭啊。你知道吗？我跟着罗伯特失恋了八次啊！"——爱上爱情的人，最是被时光的锯子锯得痛。

老，不会放掉任何一个人。

生命，不顾一切地老去。

深秋时节，握着林清玄的手，对他说："我是你的资深拥趸呢！"想举个例子当佐证，却不合时宜地想起了他《在云上》一书中的那段话：一想到我这篇文章的寿命必将长于我的寿命，哀伤的老泪就止不住滚了下来……这分明是个欢悦的时刻，我却偏偏想起了这不欢悦的句子。——它们，在我的生命里根扎得深啊！

萧瑟，悄然包抄了生命，被围困的人，无可逃遁。

不饶人的岁月，在催人老的同时，也慨然沉淀了太多的大爱与大智，让你学会思、学会悟、学会怜、学会舍。

唉，这个眼看要被"三晃"晃得灰飞烟灭的生命啊，可还记得母校操场上那个掷铁饼的小小少年？如果那小小少年从照片中翩然走出，能够认出这须眉皆白的老者就是当年的自己吗？

——从子宫到坟墓，生命不过是这中间的一小段路程。

我们回不到昨天；明天的我们，又将比今天凋萎了一些。那么，就让我们带着三分庆幸七分无奈，宴飨此刻的完美吧……

露齿一笑

周大新

小时候，并不知道牙齿是用来吃东西的，我常把它当作武器来用。母亲说给我断奶很晚，有时她喂奶不及时让我饿了，我会用牙狠咬她的奶头表达不满。后来，与小伙伴们玩游戏玩恼了，打架，打不过对方后，我也会用牙咬对方的胳臂。有一次，我把一个小伙伴的胳臂咬出了带血的牙印，对方的母亲拉着她儿子来我家讨要说法，我母亲连声地给人家道歉。对方走了之后，我实实在在挨了母亲一巴掌。我愤怒地与她争吵：那我要牙干啥子用？母亲严肃地正告我：牙只能用来吃东西！

又长了几岁后，也许是要关注的事情比过去多了，我不再理睬自己的牙齿，尽管每天都要使用它们，可我看它们已如路人。母亲有时让我睡前和起床后漱口以保护牙齿，我也很反感，觉得这是没

事找事。大概是上小学六年级时，班主任老师有一天突然在课堂上提出要求：经常坚持刷牙的同学请举手。班里好像只有家在镇上的几个同学举了手。老师看罢之后说：要注意爱护你们的牙齿，坚持刷牙，我发现有的同学的牙齿发黄了，牙发黄、发黑都会影响你的形象，会使你变丑！我一听变丑这话，心里一紧，当天回到家就拿过镜子去照自己的牙齿，这一看，吓了一跳，我的牙也有些变黄了。我于是立马向母亲提出买牙膏牙刷要刷牙。母亲很为难，那年月能供我上学已经很不容易，家里哪有余钱去买牙膏牙刷呢？母亲说：明年，明年一定让你刷上牙！我哭着说：那我的牙齿黄了咋办？母亲就拿过一条毛巾，用毛巾的一角蘸上一点盐水给我擦洗牙齿。考上初中之后，母亲卖了一些鸡蛋，给我买了一支牙刷、一管牙膏和一个陶瓷杯子。第一次刷牙的那个早晨，我蹲在家门前水塘边的洗衣石上，心里又不安又兴奋，不安的是让家里又花了钱，兴奋的是，我的牙要变白了！头一次刷牙我刷了很久，我想我一定要把所挤出牙膏的益处全部用尽，决不能浪费。结果刷得牙龈都出血了。

自此开始，只要生活正常，我再也没有忘了每天刷牙，我的牙齿果然越来越白了。上高中时，同学们对牙齿的美观要求变了，要求整齐。我对镜看了一下自己的牙齿，发觉有两颗不仅稍低而且形状不好，这使我在内心里开始自卑，不敢再露齿去笑，怕被同学们发现自己的这一缺陷。许多年后，我才知道，人的牙齿不可能完全达到整整齐齐的标准，某一颗稍高一点点、某一颗稍低一点点都属于正常，外人很少能看出这种微小的差别，人没必要去为这件事烦恼。

重新对牙齿关心是因为一次牙疼。

那是在山东莱阳。其时，我已经成为一名军官并成家，正随军区工作组在莱阳的一支部队里调研。那天晚上，不知什么原因一只下牙开始疼痛。那是我第一次体验牙疼。原来在身体里根本算不上重要器官的一颗牙齿，疼起来是如此可怕。这一次的经历让我知道，原来牙齿也能对人发动反击，把其变成攻击人的武器，一旦他不高兴了，完全可以置你于一种极其难受的境地。

改革开放之后，牙齿美容逐渐时兴。最开始的美容是在先富的富人圈里兴起的，美容的项目是镶金牙，也就是在原来的牙齿上镶上一个纯金的外壳，黄亮黄亮的，能显示出人的富有和尊贵。我曾见过镶了三颗金牙的老板，那家伙最喜欢露齿笑，每露齿笑一次，他金黄的牙齿就显露一下，那确实令很多人惊羡，但却让我有点替他担心：人们都喜欢金子，万一有人夜间拦路抢劫，把他的金牙拔了可怎么办？

后来时兴牙齿贴面美容，就是在原牙的表面粘贴一层近似正常牙色的材料，或树脂贴面或瓷贴面，达到美白的作用。这种牙齿美容曾令很多年轻人心动。我认识的一个朋友就把他的上下平时能露出的牙都贴了瓷贴面，那种效果确实不错，一笑满口莹白的牙齿就亮了出来，确实有点令人羡慕。每当他露齿一笑亮出美丽的牙齿时，都在对我发出也去美牙的诱惑，但当时给牙齿贴面的价格很高，这价格一下子就打消了我效仿的念头。

此后，我就安心地与自己的原牙相处，还在心里安慰自己：牙齿是父母留给自己的东西，咱只能去使用和保存，不能随便就去做其他的处置，这也是在尽一份孝心。

这样，就一直维持到了老境。

60 岁好像是突然来到的。过去觉得 60 岁是离自己很远的一个生命驿站，没想到它像躲在暗处的一条狗一样，猛然间就跳到了你的面前。60 岁过后的重大变化之一，就是有两颗牙齿开始松动，咀嚼东西时它们不再像过去那样全心投入，一副想要罢工闹事的样子。这让我很生气：我几乎每天都小心翼翼地伺候你们，又是刷又是漱的，你们现在还敢如此胡闹？！但牙齿似乎不为我的生气所动，照样我行我素，而且越发地放肆起来，开始给我制造疼痛。这就让人渐渐生出愤怒，感觉牙齿是在故意捣蛋，我便在此时萌生出了拔除捣蛋牙齿的心愿。

当我那天坐上牙医的拔牙椅时，心里全是对捣蛋牙齿的愤恨，期望医生赶快动手。

麻醉针注射之后，拔牙钳伸进了口腔，我在心里嘀嘀笑了一声：你们要完蛋了！果然，时间很短，几乎没听见声音，医生就把两颗带血的牙齿献到了我的眼前。我毫无怜悯之意，像对垃圾一样嫌恶地挥挥手，就让医生将它们扔进了垃圾桶里。

几天之后，拔牙的疼痛完全消去，我开始用舌头去探触原来捣蛋牙齿所在的位置，哈哈，那里光光的，一种仇恨得报的痛快在胸腔里弥漫。可惜这种痛快没能持续多久，当晚吃饭时，不疼了的那个地方竟然一点咀嚼的能力也没有。

我很吃惊！原来父母给我的牙齿确实不能没有。

医生告知我：你现在要么种牙要么安假牙，除此之外没有别的办法。我怕疼，种牙要忍受几次疼痛，于是决定安牙——装上义齿。

又是一番折腾，咬印、压模、试戴，挺像真牙的义齿被安进了牙床。表面上看，它们的模样还算不错，但真用起来，比过去的真牙差太多了，别说去咬干蚕豆了，就是去咬一块熟肉也都会觉得它们不怎么用力。

但又有什么办法？谁让你老了哩？！

安了假牙之后，当然可以再露齿一笑，可说实话，心里有点不好意思：露出的牙齿不是真的呀！

人生易老 包浆难红

荆　歌

为什么很多人都喜欢老物件呢？我想除了手段工艺的风度气息，另有一个非常重要的原因就是，这些材料，经过了百年以上的时光浸润，经过了漫长的心手目光的爱抚摩挲，其皮壳包浆，莹润如玉，红润似蜜似蜡，实在可爱。所以"包浆"一词，在文玩古董爱好者心中的地位，美好神圣到了极点。

而几乎所有的新工艺品，制作出来，未经岁月打磨，总是有一股火气。苏州玩家说得很有意思，说是一股"生腥气"。这是相对熟而言的，相对古意而言的，也是相对沉着、沧桑而言的。所以玩物之人，得到心爱之物，这只是第一步。接下来要走的漫漫长路，是盘玩摩挲，物不离手，与掌心，与体温，与手泽，在分分秒秒的亲密接触中产生奇妙的反应和变化。日子越久，火气也褪得越干净。

不过，要让火气完全褪去，要让玩物包浆灿然、皮壳色若琥珀，却是谈何容易！诸般文玩中，尤以竹刻最难变润变色。十年前，苏州竹刻名家张泰中给我一块竹片，让我写字其上，再由他操刀镌刻。那时候我不太懂竹刻，更不懂得体恤竹刻家。竹板上密密麻麻临写了整首知堂五十自寿诗，外加自己写得狗屁不通的长跋。我估计泰中在刻它的时候，心里嘴里一定骂娘了。也许只是我的多虑，其实泰中是位宅心仁厚的大度君子，其相貌也与罗汉相仿。他不仅任劳任怨，把竹臂上密密麻麻的字都刻了，还亲自手拓出拓片一页，随竹臂一同惠赐。此乃我平生所藏的第一件竹刻，其珍爱之心，想可揣度。有一段时间，我只要一有空，就把它抓在手上。还不敢往脸上蹭油，怕污了竹质和字口。事实上这样小心是必需的。竹刻这东西，把玩它最忌蹭油。摩挲之前，手得洗个干净。这样玩将出来，才会清洁高雅，色若象牙。当然，其实另有一说，认为竹刻根本不必把玩。只需静悄悄放在那里，自然光照，自然氧化，自然地看人世间离合悲欢风来云去。时间久了，它自然会发生变化，自然会色美如花。当然，这样似乎未经任何使用，但经过了漫长时间精炼的竹刻，是上上品，是极品。但是，多少年才是漫长呢？文玩文玩，就是要拿来玩的。谁会拥有了一件爱物，只是让它安静地缩在某个角落，几乎将它遗忘，然后一百年过去，几百年过去，再来看它是一副什么样的月貌花容吗？

唉！有些事不能想，一想就惶恐虚无。人的一生，能够有几年啊？再美的爱物，又能与之相伴多少晨昏寒暑？光阴易逝，生命短暂，再好的东西抓紧在手上，不久也将松开。那些千年前紧握在主人手心里的玉猪，握得再紧，终究也会有松手的一天。看似人藏物，其实物藏人！对于物来说，人只是临时的保管员，只是过客，只是匆匆的一场风雨而已。

人生易老，包浆难红！就算你能活一百年，也未见得就能将一块竹板盘红盘润。看一看今天留在世上的民国初年的竹刻吧，虽然百年过去，仔细看看，似乎还有一缕火气纠缠其间。真是令人丧气啊！

所以呢，玩物不管是否丧志，都不要有太过明确的目的性。不要买一件东西，就指望着它升值发财。也不要废寝忘食夜以继日，以手作砂纸，摩挲捏巴个不停，希望能在有生之年，使其润，令其红。这样既是蚍蜉撼树不自量力，也是无事生非自找麻烦。还是要摆正心态，相信人与物今生相遇，也是有缘。能够天长地久固然不错，只能一朝拥有亦须感恩。玩是硬道理，玩着就好。至于皮壳厚不厚，包浆红不红，还是交给时间去裁定，交给后人去判断吧！

长路与短句

沈 念

村与寨之间，山路相连。绿荫掩映，弯曲环绕，总有路抵达。山寨虽偏，通往外面也只有一条路，旧貌陈颜浑然不觉间起着变化。父亲带着村民修这条路，已是多少年前的事了。他掰着指头算，像是算着手心小径分岔的掌纹线。

那是一条遇到雨水就会溃烂的路。坑坑洼洼，湿滑难行，进入雨雪季节，就像踏进地雷阵，随时小心掉进陷阱坑，出来一身脏泥衣。这条路是一个孩子的今世仇人，是他儿时的噩梦。他每天上学必经此路去往学校，想躲也躲不了，想逃也逃不掉。他摇晃着还没清醒的身体，走出家门，看到脚下这条在前面拐了个弯、看不见尽头的长路，心里就发怵。下雨后的路面，有很多积水，浊黄的水不是摔倒在泥水里，就是陷入深坑的泥浆里拔不出脚，那种使尽力气也走不动的感觉，像是梦魇住了。父亲教他看路走路，要选有些石子的地方垫脚，用脚尖轻轻一踩，上身不要用力往下沉，相反是要提气，让身体快速地走过去。每一脚都要看准，都要及时提气，他做不到，他懊恼自己没有长翅膀，也没练就轻功。当他一身泥一身水地走进教室，穿着半湿半干的衣服，瑟瑟发抖听着老师讲课的时候，情绪糟糕透了。他无数次被这个情景困扰着，有时梦到走在半路上，山上的树和石头坍塌下来，连同他把路给埋了半截。一度他不想去学校了，父亲顺手折断一根细树枝，狠狠地打了他一顿。父亲专打他的小腿，边打边说："脚就是你的路。"

他被抽打得疼，叽里哇叽地哭，哭完父亲送他到学校。在校门前的三岔路口，他那时就发誓，将来要逃离闭塞的村子，要去山外的地方，都是因为这条路。甚至有很多次，他在回家的路上，想到从此别过，开始远游流浪。当他走出山寨后，发现走在任何一条道路上，都会有压抑不住的欢欣。他想，毕竟世上最烂的一条路他走过了，从此，他走的每一条路，都会比过去走过的好。

寨子里的祖训是，穷也要有穷担当，不求人，凡事靠自己。那时候，很多条件好的村子早就把路修成了水泥路，但山寨家底子薄，修不起一条路。一条路是一个村子的脸面，也是人的脸面，但现实残酷，没有钱，修路就是件没办法的事。刚换的村支书是父亲，村民难以忍受这条破路的时候，就望着他们的新支书，心里却都明白，这个人没有关系可找。山寨就像被遗忘的角落，有时候，给再多时间，没办法就是没办法。他后来想通了一个理，不是没办法，而是贫穷限制了想象力，他们知道山外有山，但不明白山外的那座山是不一样的。

村民都没想到，父亲误打误撞地把县长请到了进村的这条烂山路上。那天，乡干部都集中在小礼堂开会。县长一行人走出礼堂，看到父亲站在空阔的院子里，独独的一个人。他此前一直在颤栗的双腿，迈不开步子，心里设想过的一百种一千种开口的场景，哑口无言。但他站得笔直，一动不动，风吹动着他那条军绿色裤子下摆，上面沾了很多湿漉漉的泥巴印子。

"县长，我要修路。"父亲说完这句话，就一声不吭了。车从乡政府大院出发了。车厢内空气滞动，县长的表情凝重，父亲像做梦一般，不敢大口呼吸。

那条路，雨后泥泞，泥浆四翻，像是一群不懂耕作的人踩过的水田。后面下来的几位脸色沉闷的领导，路走了半截，有几处的山体岩石表层松动，路面烂泥翻涌，着实走得很困难。几个干部无从下脚，落在后面。龙县长刚迈了几步，鞋和裤子都沾满了淤泥，问走在前面的父亲："你们平时一直走这条路？"

父亲说，祖祖辈辈。

有个干部嘟囔了一声，这条路走不进去吧？

龙县长扭头说："车开不到的地方，脚可以走，村民能走出来，我们就能走进去。"随行的几个干部噤声了，加快步子跟上去，山路上很安静，听得到鞋底踩在泥浆里的嗞嗞声。

龙县长说："是该修条好点的路了，人不能让一根眉毛把眼睛遮了。"他对跟来的那群人说，不用走了，我们再走，路也不会好，再走下去，县长的脸都丢尽了。我们走一次是一次，但山寨的老百姓，是要年年走、月月走、天天走。

父亲回到村里，召开村民大会，第一句话就是："到修路的时候了。"

修路是三个月后启动的，财政困难，资金缺口大，父亲发动村民投工投劳，分成凿石组、运输组、铺路组，就地取材，用钢钎砸碎山石，手锤打得叮叮响，火花四溅。大家吃在工地上，饭菜从家里带，坚持了三个月，拉出了一条三米多宽的新路。父亲又想了个主意，把那些钎开的薄石块，条形块状的，带回村里垒了水渠的护坡。

中间又经历了一些曲绕，路在原来路基上拓宽，要占用一个村民家的一块地，他的大嘴老婆不答应，说他们家本来人多地少，她带着有腿疾的儿子，躺在自家地里，不让县里的施工队动工。施工队也拿伶牙俐齿的大嘴婆没办法，思想工作做不通，父亲想出一招，换地。村里能换的几块地，大嘴婆看不上，不满意，父亲一咬牙，拿出自家那块山上的水田换。村人都知道，那块水田朝向好，日照充沛，水量充足，产量是同面积的两倍。大嘴婆忸怩着，但父亲修路心切，当即签好换地的协议。村民嘴上骂着大嘴婆的做法，说父亲犯傻，但又从内心里敬佩他。

几年前，他大学毕业，突然改变了想法，回来当上了大学生村官，又参与到山路新扩的建设中。路走过了，才知道世间一切艰难，都是可以蹚过去的。父亲换地修路的故事，被村里的老人搬出来讲给年轻人听。那条儿时长长的山路，很快变了模样，变成了一条更平更宽的柏油新路。

　　俯瞰之下，黑得发亮、飘带似的山路，来往的车辆是和时光一起延展。山寨的变迁，如同一本厚厚的书，风吹开一页沉重的过去，又画出一页开阔的未来。而今山路两旁是农家乐、民宿和古朴的民居，是清越的山风和厚厚的绿荫，是幽美的峡谷和明亮的旷野。我是走在这条山间的路上，听他讲起父亲和路的故事。父亲每一天都在与这条山路做最漫长的告别。年过七旬的父亲，每天的习惯还是坐在梨子树下，看着从路上进出的人们。患有阿尔茨海默病的老人，早已辨识不清那些熟悉的面孔，也早忘记了自己与长路的往事。他回复那些打招呼的人，每一句话都比以前的更短。那些短句，像一粒粒小石子，从长路上丁零地滚落，被一道道山的褶痕收留，被沧海桑田的时光收藏。那么多从路上走过的人，帮父亲和这座古老的山寨铭记着一条山间长路的故事。

东北电影院

张瑞田

一座"个"字形的建筑赫然而立,四扇大门,有台阶,建筑的上端是一颗凸显出来的红五星,紧贴红五星是"东北电影院"五个行草大字。这座电影院建于 1938 年,当时的名字叫"国泰影院",1949 年改成东北电影院。

想看电影,翻阅《江城日报》的电影专栏,首先要看东北电影院上映什么电影。离家近,是看电影的首选之地。吉林市曾是吉林省省会,城市规模不小,有很多电影院。那是电影时代,城市人流最多的地方一定是电影院,开演前和结束后,人头攒动的场面令人感慨。

第一次看电影,当然是在东北电影院。依稀记得,那是国产影片《南征北战》,是大哥带我看的。小孩子喜欢看打仗的电影,敌我冲突，生生死死，机枪刺刀，飞机大炮，浮现战争的场面，生动真实。最后首长要登高讲话，电影里的人激动地听，看电影的人也是一脸严肃地听。首长的话音落下，在一片欢呼声中，放映结束。不知为什么，那个时期的电影，总会有这样雷同的结尾。

我们住在一个大院里，小孩儿多，我们就三五成群地去看电影。电影票不贵，学生票一毛钱，但电影票紧俏，需要提前到电影院购买，常常是把钱凑到一起，由一位身强力壮的人拥挤着靠近售票口，付钱买票。至今，我的眼前经常浮现买电影票的场面，开始有序排队，当开始售票时，队伍乱成一锅粥，人们蜂拥而上，

吵骂、喊叫声此起彼伏。

东北电影院分上下两层，有六七百个座位。我们喜欢买二楼座位的电影票。在二楼，有恶作剧的机会。在电影放映结束前，我们几个人就到二楼的最后一排，用手挡住放电影的窗口，让我们单薄的晃动的手臂出现在银幕上。第一次没有人干预，第二次就被电影院的工作人员带走了。

那个时候电影院不干预观众嗑瓜子，电影放映时，银幕上的光影、对话，与嗑瓜子的声音交织在一起，噼里啪啦，喜气洋洋。阿尔巴尼亚摄制的《第八个是铜像》《海岸风雷》，罗马尼亚摄制的《多瑙河之波》，越南电影《森林之火》，苏联电影《列宁在1918》《斯大林格勒》，朝鲜电影《无名英雄》等，是少年观影的最爱。从电影院出来，然后去松花江边的大柳树下模仿电影里的人物走路、说话。许多电影里的台词，我们可以大段背诵。《多瑙河之波》的那个接吻的镜头，如日初升一样美，如落霞满天一样温暖。

我学习写影评，看到好的电影就写一篇，或者想写影评，就去东北电影院看一部电影。从北京路80号到东北电影院的15分钟路程，变成了我构思影评的过程。那是真正的电影时代，国产电影《生活的颤音》《小街》《一个和八个》《庐山恋》《黄土地》《沙鸥》《猎场札撒》《巴山夜雨》《海滩》《青春祭》《人生》《老井》《黑炮事件》《红高粱》《本命年》《顽主》等上映，都会引起若干社会话题。与此同时，日本电影以斑驳的色调、冷静的叙述、曲折的情节、内敛的表演，震撼了一代观影人。我记得《追捕》《望乡》《人证》《金环蚀》《幸福的黄手帕》《远山的呼唤》上映时万人空巷的场面。还有印度电影《流浪者》《大篷车》，让我们认识了一个陌生的国家，看到一群苦难的人民。

电影萧条，电影院首当其冲。再去东北电影院，发现电影院的功能有了变化，新建了录像厅，一条长长的走廊，并排摆放20余台游戏机，在游戏机上厮杀的人，远远多于在电影院里看电影的人。电影院的外面，有一面长20余米的电影画廊，这是张贴电影海报的地方，电影院美工精心画出即将上映的电影海报。电影少了，电影画廊的辉煌烟消云散，电影画廊被二人转演出广告替代。晚上，电影院成了二人转的演出剧场……

离开吉林市26年了，回去看望家人时，朋友们经常陪我去东北电影院对面的一家台球厅打球，打出一个好球的时候，会情不自禁地站在南侧的落地窗前向外眺望。"东北电影院"五个字，就像五颗球，从不同的方向向我聚集，我像一个落球的布袋，需要把这五颗球一一接住。东北电影院，我还有机会坐在里面看一部自己喜欢的电影吗？

中年

姜　文

　　第一次进入社会工作，我 19 岁，在一个机械厂做体力活儿，每天像毛驴一样重复着围磨般的工作，那时候纠结我的最大人生困惑就是吃炒饭省钱还是吃炒面省钱。我的房东是个 40 岁左右的男人，每天四平八稳地睡到自然醒来，踱着方步把我们几个出租房检查一遍，接着就在大把富足的时间里打盹儿，喝茶，看天。那时候，做梦都在盼望着我的 40 岁什么时候能到来，我也可以这样踱着方步在时光里浸润，那是一个多么令人向往的年龄啊！

　　想不到真正到中年，才发现中年碎了一地的烟火。既要讨得老人的欢心，也要做好儿女的榜样，还要时刻关注老婆的脸色，不停迎合上司的心思。中年为了生计、脸面、房子车子票子不停周旋，后来就发现激情对中年人是一种浪费，梦想对于中年是一个牌坊。

中年是一场斗争，人斗不过命，命斗不过时间。多少当时觉得无法过去的坎儿，过上几年突然就风轻云淡了。我没见过一个人把另一个人恨一辈子的，更可怕的是忘记和不在乎，最后都败给了时间。

中年是一道清茶。在觥筹之后，人散夜阑之时，一半妥协，一半坚守，两边都让一小步。妥协就成了从容，坚守就成了雅致。从容多了，就会豁达温存的体会一下怨恨之间的不舍以及市井里不精致却扎实亲切的活法。茶要慢品，多一些留白，多一些转身的空间，无声的流泪，抿嘴浅笑，都是一种风景。

中年可以深刻，但千万不要尖刻，看得开，千万别点破。那种咋咋呼呼的人，心中无比自卑才会如此丈八，我见过一种人，全世界没有他能看上眼的人和事，语言的巨人，行动的矮子。丈量不见自己的人，他会用尖酸刻薄来过滤生活，终日郁郁寡欢，把日子过得跟太监似的，怎么能体会生活的跌宕起伏，潮涨潮落。

中年是一种满足。下雨有伞，炙热有阴凉，有二两小烧，一碟花生，接受寡妇暗送的秋波，指使光棍挑水，跟一群闲人打五毛钱的麻将，是一种满足。打开微信朋友圈，一看王石邀你去爬山，最近有点闲时间登登珠穆朗玛，喝上年份的红酒开始摇杯挂壁，开始收藏十二个流失的兽头，有了自己的服装设计，等等，也是一种满足。满足是快乐的密码，天天猴急猴急地攀比，除了让你失落失望失魂落魄别无他法。

中年是现实。当我们终于可以腰缠万贯的时候，才知道中年并不是我看到的表象，中年不仅消融掉我浓密的长发，也弄丢了我蓬勃的激情和梦想，有些时候，一觉醒来尽然忘记了很多重要的记忆。更要命的是孤独开始富得流油，忧伤也异常亢奋，唯一不变的是毛哥对我的冷若冰霜，也没有几间出租房让我每天检查。现在明白，人生的境界不是天天幸福，而是天天不烦。有一些思念和牵挂可以入梦，梦会绵长，有一些爱好可以入心，生活就会充实，有一两个人懂你的沉默，黑夜就不会漫长，有一两个圈子可以分享，时间就会缓慢，没有爱好，时间就会无聊，没有兴趣，生活就会无味。人生不是竞走，用最快的速度到达终点，而忽略了一

路的风景和喝彩，这不是中年。

中年不是摇滚，持续的愤怒和亢奋不会快乐。我见过一个斗士，每见一次，斗士都是一副忧国忧民的样子，这个社会仿佛没有一件让他可以称心的事情。人生活在极端，总会倾斜，特别是一个女人，忘记柔软等于慢性变态。中年也不是民谣，清新到忘记年龄，单纯到忽略世事，都是要不得的，不能跟生命较劲。中年更不是学院派的民族唱法，千人一面，千人一声。登不上大雅的舞台，又不屑于乡野僻壤的原生态，活着活着就忘记了来路。中年更要懂得敬畏，敬畏生命，敬畏生活，敬畏阅历，敬畏年龄。

中年应该有两种事尽量少干，一是用自己的嘴干扰别人的人生，二是靠别人的脑子思考自己的人生。

向死而生

止 庵

　　母亲去世的第二天上午，大哥和我一起回到医院，他去病房办理一些手续，我在院子里等他。忽然听见不远处两个陌生人在聊天，"今天天气不错"。"是啊，是个晴天。"我抬头看看，简直是碧空如洗。不知道赶到这天天气好了，还是接连几日尽皆如此。我想起在小津安二郎导演的《东京物语》里，当妻子死后，周吉对儿媳纪子也说过"多么美的早晨啊"的话。

　　后来我去日本白滨的三段壁，那是著名的自杀地，我在悬崖上看见一块"口红的遗书诗碑"，上边刻着当年情死者的手迹："白浜の海は、今日もれてゐる。"（白滨的海，今日依然波涛汹涌。）后署"一九五〇·六·一〇 定一 贞子"。

　　对这行将赴死的两个人来说，他们的爱情与死亡何其重大；大

自然却对此无动于衷，还是原来的样子。这使我想起《老子》说的"天地不仁，以万物为刍狗"——天地不具情感，且无所偏私。

一些人死了，一些人活着，一些人不幸，一些人幸福，如此而已。

我们是在这样的背景下失去亲人，也是在这样的背景下怀念死者。

孔子所谓"仁"有两个意思，一是希望人活得好些；二是希望人不要活得太坏，乃至不能活了。墨子讲"兼爱"，是在与《老子》截然相反的方向上反对孔子的"仁"——《老子》可以说是"兼不爱"，完全仿回大自然对待人的态度。在我看来，《老子》太冷，墨子又过于理想主义，还是孔子所提倡的能够落实，或者说我们可以退到这个地方：对于爱你，你也爱他的人，尽量让他活得好一点吧。

周作人在《寻路的人》中说：

"我曾在西四牌楼看见一辆汽车载了一个强盗往天桥去处决，我心里想，这太残酷了，为什么不照例用敞车送呢？为什么不使他缓缓地看沿路的景色，听人家的谈论，走过应走的路程，再到应到的地点，却一阵风地把他送走了呢？这真是太残酷了。"

生就是向死的过程，不过有人走得短些，有人走得长些罢了。既为生者，无一不死。死是生所注定的。既然如此，那么应该没有什么不能接受的。但我们仍然痛惜他人之死，畏惧自己之死，这是因为我们总是在"一般"中留意"唯一"——唯一的存在，唯一的关系。

我们最终得以承认和接受一个人的死，可能仅仅在于无人不死，或者说，在于众人之死。众人都承受的事，一人就能承受。

母亲在的时候，我们曾每晚一部地将小津安二郎后期从《晚春》到《秋刀鱼之味》这十三部电影按拍摄顺序看过一遍。前不久我又都重新看了，留心到不少过去疏忽了的地方。好像非得以生死为代价，才能真正明白其中深意似的。

《东京物语》和《小早川家之秋》都表现了下一代人与上一代人的"死别"。

在万兵卫两次死之间，女儿文子有机会告诉他："爸爸，我要向您道歉。"万兵卫问："为什么？"文子："我任意地对爸爸说了些难听的话。"万兵卫："我没有放在心上，已经忘记了。"文子："虽然不应该这么说，但如果爸爸有事，我会永远内疚的。"万兵卫："说什么也好，我不会有事的，身为父亲是不会责怪儿女的。"假如万兵卫死在第一次，这些也就成了女儿永远听不到而永远希望听到的话了。

现在我总觉得，母亲当初哪怕多活一天也好；但回想起来，母亲活着时，其实我并未真正感到她的一天如何重要，如何值得珍惜，尤其是在她健康的时候。

我们总是在一个人离开这个世界之后，才想到应该爱他或更爱他。就像弗兰茨·贝克勒等编的《向死而生》一书所引莱因霍尔德·施奈德的话："我们只有以死为代价，才能发现人，热爱人。"

《死海搏击》中写道："回想起我母亲的死，我现在想法极少，遗憾颇多。主要是我感到内疚——生者的逃避立场。我多么希望在她活着的时候，或多或少在所有方面更多地顺她的心意。我多么希望能够压制住我自己的兴趣以促进她的兴趣。这就等于说我多么希望在她健健康康活着的时候，本该在我的生活中将她死亡的事置放在我意识的第一位。当然，我很清楚，这些都是无谓的意愿——是只有真正没有自我的人才可能想象他们能够实现的意愿。其孩子气、假装的圣洁、受虐狂色彩让我心惊胆战，但是，我无法（抑或是不愿意？）完全不理会它们。不管你多么关心一个人，你都无法总好像是他们已经处于弥留之际那样去照顾他们。这又回到杰尔姆·格罗普曼酷爱引用的克尔凯郭尔的话上：理解的生活得回顾，过生活要前瞻。问题在于，到那时，通常都为时晚矣。"

我曾说，这段话道尽了"人子死其亲"时的悲哀。当我们不知道终点何在时，我们就不能真正了解和理解过程是什么；但等到达终点，这个过程又已经结束了。

也许只有先知才能预先站在终点说话。

安东·契诃夫的剧本《樱桃园》结束于一位老听差菲尔斯的独白:"生活过去了,好像我没生活过似的。……"这时,"传来一个遥远的声音,仿佛来自天边,那是琴弦绷断的响声,悲伤的余音渐渐消散。随后是肃静,只能听见花园里砍树的响声。"我读到这儿感受深切,不仅因为这是说在一个人生命结束之际,是为自己一生所唱的挽歌,而且仅仅因为它表述得很简单。人活一次,然后死了,不再活了。这件事根本没有什么道理可讲。置身其中,只是无可奈何。

　　不过由此得出的结论却未必是消极的:如果没有彼岸,那么此岸就是一切,无论生命短暂、长久,都是唯一的机会,这就更能显示出人的一生的意义。不然,如果有彼岸,则此岸仅仅是向着那里过渡的起点而已。没有完结的起始是虚妄的,也是怪诞的,人可能更承受不了。

　　死的确可以让我们认识生——与死相比,生是可以触及,可以改变,甚至可以补救的……我们可以尽一己之力做点什么,假如我们想到应该如此的话。

一事精致，便能动人

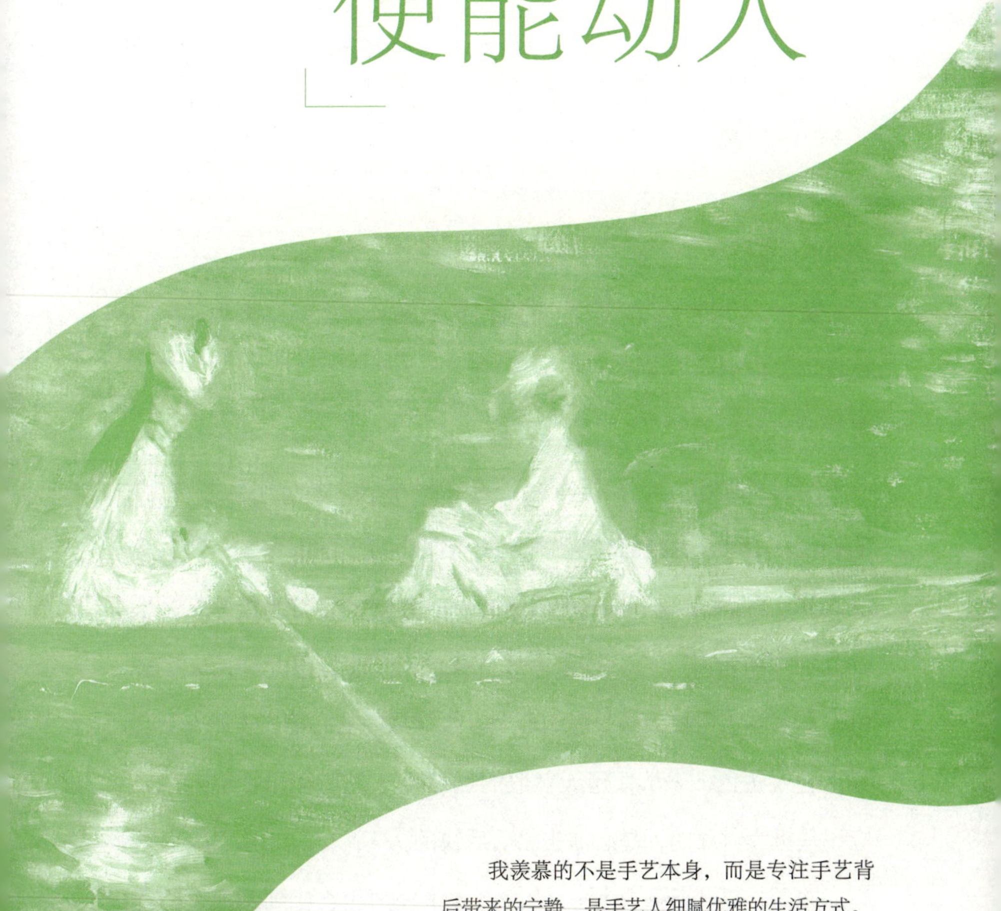

我羡慕的不是手艺本身，而是专注手艺背后带来的宁静，是手艺人细腻优雅的生活方式。

听雨

季羡林

　　从一大早就下起雨来。下雨，本来不是什么稀罕事儿，但这是春雨，俗话说："春雨贵似油。"而且又在罕见的大旱之中，其珍贵就可想而知了。

　　"润物细无声"，春雨本来是声音极小极小的，小到了"无"的程度。但是，我现在坐在隔成了一间小房子的阳台上，顶上有块大铁皮。楼上滴下来的檐溜就打在这铁皮上，打出声音来，于是就不"细无声"了。按常理说，我坐在那里，同一种死文字拼命，本来应该需要极静极静的环境，极静极静的心情，才能安下心来，进入角色，来解读这天书般的玩意儿。这种雨敲铁皮的声音应该是极为讨厌的，是必欲去之而后快的。

　　然而，事实却正相反。我静静地坐在那里，听到头顶上的雨滴声，此时有声胜无声，我心里感到无量的喜悦，仿佛饮了仙露，吸了醍醐，大有飘飘欲仙之慨了。这声音时慢时急，时高时低，时响时沉，时断时续，有时如金声玉振，有时如黄钟大吕，有时如大珠小珠落玉盘，有时如红珊白瑚沉海里，有时如弹素琴，有时如舞霹雳，有时如百鸟争鸣，有时如兔落鹘起。我浮想联翩，不能自已，心花怒放，风生笔底。死文字仿佛活了起来，我也仿佛又溢满了青春活力。我平生很少有这样的精神境界，更难为外人道也。

在中国，听雨本来是雅人的事。我虽然自认还不是完全的俗人，但能否就算是雅人，却还很难说。我大概是介乎雅俗之间的一种动物吧。中国古代诗词中，关于听雨的作品是颇有一些的。顺便说上一句：外国诗词中似乎少见。我的朋友章用回忆表弟的诗中有"频梦春池添秀句，每闻夜雨忆联床"，是颇有一点诗意的。连《红楼梦》中的林妹妹都喜欢李义山的"留得残荷听雨声"之句。最有名的一首听雨的词当然是宋蒋捷的《虞美人》，词不长，我索性抄它一下：

少年听雨歌楼上，红烛昏罗帐。壮年听雨客舟中，江阔云低，断雁叫西风。

而今听雨僧庐下，鬓已星星也。悲欢离合总无情，一任阶前点滴到天明。

蒋捷听雨时的心情，是颇为复杂的。他是用听雨这一件事来概括自己的一生的，从少年、壮年一直到老年，达到了"悲欢离合总无情"的境界。但是，古今对老的概念，有相当大的差别。他是"鬓已星星也"，有一些白发，看来最老也不过五十岁左右。用今天的眼光看，他不过是介乎中老之间，用我自己比起来，我已经到了望九之年，鬓边早已不是"星星也"，顶上已是"童山濯濯"了。要讲达到"悲欢离合总无情"的境界，我比他有资格。我已经能够"纵浪大化中，不喜亦不惧"了。

可我为什么今天听雨竟也兴高采烈呢？这里面并没有多少雅味，我在这里完全是一个"俗人"。我想到的主要是麦子，是那辽阔原野上的青春的麦苗。我生在乡下，虽然六岁就离开，谈不上干什么农活儿，但是我拾过麦子，捡过豆子，割过青草，劈过高粱叶。我血管里流的是农民的血，一直到今天垂暮之年，毕生对农民和农村怀着深厚的感情。农民的最高希望是多打粮食。天一旱，就威胁着庄稼的生长。即使我长期住在城里，下雨一少，我就望云霓，自谓焦急之情，绝不下于农民。北方春天，十年九旱。今年似乎又旱得邪行。我天天听天气预报，时时观察天上的云气。忧心如焚，徒唤奈何。在梦中看到的也是细雨蒙蒙。

今天早晨，我的梦竟实现了。我坐在这长宽不过几尺的阳台上，听到头顶上的雨声，不禁神驰千里，心旷神怡。在大大小小

高高低低，有的方正有的歪斜的麦田里，每一个叶片都仿佛张开了小嘴，尽情地吮吸着甜甜的雨滴，有如天降甘露，本来有点黄萎的，现在变青了。本来是青的，现在更青了。宇宙间凭空添了一片温馨，一片祥和。

我的心又收了回来，收回到了燕园，收回到了我楼旁的小山上，收回到了门前的荷塘内。我最爱的二月兰正在开着花。它们拼命从泥土中挣扎出来，顶住了干旱，无可奈何地开出了红色的白色的小花，颜色如故，而鲜亮无踪，看了给人以孤苦伶仃的感觉。在荷塘中，冬眠刚醒的荷花，正准备力量向水面冲击。水当然是不缺的。但是，细雨滴在水面上，画成了一个个的小圆圈，方逝方生，方生方逝。这本来是人类中的诗人所欣赏的东西，小荷花看了也高兴起来，劲头更大了，肯定会很快地钻出水面。

我的心又收近了一层，收到了这个阳台上，收到了自己的腔子里，头顶上叮当如故，我的心情怡悦有加。但我时时担心，它会突然停下来。我潜心默祷，祝愿雨声长久响下去，响下去，永远也不停。

朗读与呐喊

莫　言

今年 2 月初，在故乡的大街上，我与推着车子卖豆腐的小学同学"矮脚虎"方快相遇。他满头白发，脸膛通红，说起话来有嗡嗡的回音。他自小身体健壮，力气超出同龄孩子许多。班里的男生，几乎都挨过他的揍。我也挨过他的揍，原因好像是他向我借 5 分钱而我没钱借给他。

方快提着我的乳名骂我阔富了忘了老同学。我说"矮脚虎"啊，我都 60 多岁了，你就别叫乳名了吧？他说，你想让我叫你什么？叫你莫言？呸！

我递烟给他。他伸出沾着豆腐渣的大手接过烟，看看牌子，放在鼻孔下嗅嗅，然后夹在耳朵上，说：工作时间，不能吸烟。

与方快分别后，我想起了好多与他有关的事。他自己给自己

拔牙的事，他与人打赌吃了 40 个红辣椒赢了一包香烟的事，他在草甸子里追赶野兔子的事，他扛着一台重达 300 多斤的柴油机在操场上转了两圈的事，还有这件我马上要写的与朗读有关的事。

我们那时上语文新课，总是先由老师朗读一遍——老师用普通话朗读一遍之后，便让我们跟着他读——我们当然不用普通话——先是一句一句地读，然后是一段一段地读，最后是让我们齐声朗读。我们齐声朗读时，老师提着教鞭在教室里转悠，辨别着我们发出的声音里，是否有对课文的故意歪曲，如有，他就会用教鞭抽打。方快是挨教鞭抽打最多的——其实也不是真打，打到略有痛感而已——但最后一次，方快夺过教鞭在屈起的膝盖上折成两截，扔在老师面前。我至今犹能记起老师的尴尬表情。老师蜡黄着脸说：好！方快，看我明天怎么收拾你！——明天到了，老师似乎忘了这件事儿。他给我们上了新课，领读之后，他就让我们齐声诵读，但是他不再提着教鞭巡视了。

有一天中午，他带着我们去田野里捉了几十只青蛙，用瓦罐提到教室里，放在脚下。那天下午要上新课，课文题目是《青蛙》。老师带领我们朗读：

"每到黄昏，池塘边上有一只老青蛙先发出单音的独唱，然后用颤音发出一声短鸣，接着满塘的蛙便跟着唱起来。呱！呱！呱！……"

我们从来没像这次朗读这样兴致勃勃，这样卖力，这样愉快，这样充满期待。我们一边朗读一边偷眼看着方快，他的脸膛红扑扑的，脸上洋溢着喜气。他从来都是朗读的捣乱者，但这次成了领读者。他的嗓音洪亮，富有韵味，而且，他使用的竟是普通话，连老师也用讶异的目光看着他。这时候，我看到他用脚推倒了瓦罐，几十只青蛙争先恐后地跳出来。伴随着女生们的尖叫和男生们的怪笑，那些青蛙在教室里蹦跳着。我们看到老师变色的脸，我们听到教室里只有方快一个人还在朗读：

"……青蛙还受到科学家的另眼看待，因为许多科学试验都少不了它们……青蛙，真是一种可爱的动物……"

我们原以为老师会跟方快决一死战，但没想到在方快响亮的朗读声中，老师蜡黄的脸渐渐变得红润起来。

方快停止了朗读，似乎有些不好意思地对老师傻笑着。老师响亮地拍着巴掌，连声说："好好好！太好了！"

此后不久，方快便当了我们班的学习委员，之后又当了班长，他成了好学生，成了老师的骄傲，成了后进变先进的典型，他参加全县小学生朗读比赛获得了第三名，一时声名赫赫，在他的面前，似乎铺开了一条撒满花瓣的道路。如果不是后来，在"文化大革命"初起的时候，他的父亲被查出"历史问题"，那他很可能会成为我们高密东北乡一个杰出人物。当然，现在也不能说他不杰出，他家的豆腐，质量很好，供不应求。

我应该是方快引发的朗读热潮中涌现出来的又一个典型。我们朗读，我们背诵，我们把语文课本一字不漏地从头背到尾，我们班的同学们一大半都达到了这水平，与此同时，朗读也使我们的写作水平大大提高，因为，我们在朗读中获得了语感。

小学五年级，我与方快都辍了学。方快力气大，加入成年人的行列里去干活儿，挣整劳力工分；我无奈，只好去放牛，挣半劳力的工分。放牛确实不要耗费太多体力，但寂寞难熬。当牛在草地上吃草时，我便大声地背诵学过的课文，包括那篇《青蛙》，这是一件好像很励志的事儿，但实际上全因寂寞无聊所致。

后来当了兵，在新兵连训练时，我能慷慨激昂地念报纸的才能被指导员发现，于是他就让我在团部欢迎新兵大会上发言。调到军校后，领导错以为我文化水平很高，便让我当政治教员给新学员讲课。讲哲学，政治经济学，使用的都是大学教材，我哪里懂这些? 但箭在弦上，不得不发，硬着头皮也要冲上去。

那年寒假，我背了一大堆书回家探亲。为了使开学后的课讲得从容些，我在邻居家滴水成冰的空房子里备课，讲稿写好了，就一遍遍地读，先是小声读，读着读着就起了高声。

话说当年我在邻居家的空屋子里大声朗读，半个村子里的人都能听到。那其实已经不是朗读，而是标准的呐喊，甚至是吼叫了。

我的朗读吸引了很多孩子躲在窗外听，大人路过时也会透过破窗往里望几眼。我当时特别崇拜我们单位宣传科那位讲课时手势繁多的干事。我学着他的样子，面对着墙上那面模糊不清的镜子，用我以为的普通话，用我以为的演说家的动作，挥舞着手臂，呐喊着，全不顾墙外有耳，全不顾村里人的说三道四，全不顾家里人的难堪。那时我们家东厢房里还养着一头牛，每当我呐喊时，母亲就会进来劝我：别吆喝了，你把牛都吓得不吃草了。

方快曾到我备课的空屋里去看过我。他那时跟人合伙开油坊，还没做豆腐。他说，你的嗓门真够大的。我说，比你差远了。他一点也不谦虚，说：如果要说朗读，你还真不如我！

尽管我的呐喊式朗读被老同学讽刺嘲弄，但这一个多月的训练，在开学后的课堂上，作用明显，反响强烈。30多年后，我到江南去，与十几位当年听过我讲课的学员聚会，问起他们对我讲课的印象，他们笑而不答，一位性格豪爽的女学员说：我们当年给您起了一个外号叫"野狼嗥"——我听了这外号，心中一怔，马上就知道他们当年受了我多少折磨。

去年秋天，我应邀去绍兴参加一个活动，见到了仰慕已久的叶嘉莹先生，并听她吟诵了唐诗宋词。叶先生说从来没有人教过她吟唱，从小她就这样唱读，她感觉就应该这样读，这样唱。我对叶先生说，小时候我念书，念着念着就拖长了腔调，唱起来了。这时候老师、家长都会来阻止：不许唱书！他们认为这是很不好的习惯，是只动嘴巴不动脑子的懒惰行为。他们希望我字正腔圆地朗读，最好是默读。听了叶先生的话，我想，散文是要朗读的；而古典诗词，是应该吟唱的，而且是每个人都用自己的腔调，想怎么唱就怎么唱。我们那些话剧演员和电视节目主持人用标准普通话读出的诗词，确实很好听，但其实都不是古典诗词应该发出的声音。

听叶先生吟诵，我发现她从没有打磕巴的时候，好像这许多的诗词，都不是她用脑子而是用腮帮子记住的。我观察过好多位能机枪扫射般背诵经典的人，发现他们都是用腮帮子记忆的。问过他们，都承认自己是在唱读中完成了背诵，之所以能几十年不忘小时背过的东西，腮帮子——其实是整个发音器官，都发挥了记忆的功能。

告别叶先生回京后，我曾把门窗堵严了吟唱过几首唐诗宋词，感觉到吟唱的自由空间确实大大超过朗诵，而且还可以用拖长的音节或声音的高低起落来赢得回忆的空间——如果忘了词，你尽可以将一个字拖腔甩调，甚至将一句词用不同的调子反复吟唱，直到想起下句为止。

必须做的事

梁晓声

我期中考试成绩不错，中等偏后——这我已经相当满意了。须知，我有一半左右的时间并没正常上课啊。

我的心情因而大好。母亲脸上的愁容也少多了。

某日母亲对我说："你哥曾对一些不认识的人家造成过骚扰，咱们应该一一去道歉，对吧？"

我说："那是冬天的事，过去了也就过去了，真有必要吗？"

母亲说："肯定有必要，这是咱们必须做的事。有的人家，妈已经去道歉过了。但有一户一点儿都没反感咱们的人家，妈记不清楚在哪条街上了。当时天太黑，妈只记得咱俩陪你哥走了挺远……"

我打断母亲的话问："是那位作家的家吗？"他是唯一将我们母

子三人让到屋里暖和暖和的人，给我留下了很深的印象。

母亲说："对，妈指的就是他家，妈记得他与你哥说话时吸了一支烟，妈没记错吧？"

母亲又说："所以呢，妈买了几盒烟，哪天你带上，替妈去赔礼道歉行不？"母亲的话既是指示，也似乎是一种请求。

我只得违心地点了点头。

在去往林予家的路上，我心里反复想，第一句话该怎么说，第二句话该怎么说。赔礼道歉的话我不是从没说过，无非就是"对不起""请原谅"呗。但那种话都是当时就说的呀。时隔许久，郑重其事地登门赔礼道歉，对我是头一次啊！但既然已经接受了母亲

交给的任务，再不情愿也得完成啊！我怀着十分矛盾的心情站在了林予家门口，敲了几次门屋里没出来人。

对面人家的门倒是开了，出来了一位我应该叫姐姐的姑娘，背着书包，分明是要去什么地方。她奇怪地问我找谁。

我说出了林予的名字。

"我林予叔叔到北大荒深入生活去了，我能替你做什么事吗？"她的话说得特温和，使我不由得对她以"姐"相称起来。

我说："姐，你替我把这几盒烟转给他吧。"

她说："可以呀。"——接过我递给她的烟，转身又进入自己家了。那时我已注意到，她衣襟上别着"哈尔滨师范学校"的校徽，所以我并没马上离去。

她再次迈出家门时，奇怪地问我："还有事？"

我说："没事了，就是想陪姐姐一块儿走。"

她笑了笑，没说什么。

路上我告诉她，我想考师范学校，希望将来能当小学语文老师。她说她毕业后肯定是要当语文老师的，因为她学的正是语文专业。

我俩便有了共同语言。我说我想到"哈师范"去参观一下，她说那没问题，她可以将我带进去。于是我俩约好了一个日子，她保证在门口等我。

到了那个日子，在校门口等我的并不是那个姐，而是她的一名女同学。"姐"的同学说"姐"临时有事，委托她将我带入学校。我没让"那个姐姐"陪我参观，说想自己随意走走。哈尔滨师范学校校园比任何一所中学都大得多，楼房排列整齐，绿化也很好。我还没成为它的学生，便已经爱上它了。

在第二天上学的路上，我把自己决定报考哈尔滨师范学校的想法告诉了树起。

树起问："真这么决定了？"

我说："绝不会变了，你得继续费心帮我补习补习课程。"

他说："太愿意了，随时奉陪！"

文学课

叶 梅

幺舅给我上的第一堂文学课

小时候常住在外婆的木楼里，木楼在长江三峡巴东县城的小街上，家里除了慈祥的外婆，还有在念高中的幺舅。

日子过得很节俭，外婆会做各种腌菜，木楼里有一长溜大大小小的陶瓷坛子，泡着酸萝卜、糟姜、豆豉，在吃腌菜的日子里，幺舅节省下一些钱来不断地买书。每次抱着书跨进家门的那一刻，他脸上的表情总是兴奋又尴尬，像做错了什么，待看外婆并无责备的意思，才如释重负地笑起来。

幺舅用旧木板钉成一个个书箱，将买回的书小心翼翼地收藏进去，放进去之前还要先将书包上一层封皮，端正地写上他的名字叶波。在一个只有几本连环画的小姑娘看来，幺舅的书也实在太多了，况且他的鞋和衣服早就该换新的了，她不明白么舅为什么不去买鞋和衣服而要买那么多的书。

我就那样好奇地询问，么舅俯下头来，一字一字地说：我要当一个文学家。这话就像一道闪电划过，随着他满脸的神圣，一下子烙进了我的脑海，虽然当时我还不谙人事，但也顿时肃然。从那时开始，我懵懂地认为文学是一项伟大的事业，也从此开始对书有了喜爱。

这或许是么舅给我上的第一堂文学课。

小学启蒙读书，是么舅领我去报的名。在我隐约的记忆里，么舅热乎乎的大手牵着我走过长长的小街，来到一处闹哄哄的操

场，那里小孩子正四处乱跑，打球、踢毽或追赶。我害怕得不行，很惭愧自幼怯生。幺舅耐心地加以劝导，说你不要怕，读书多好啊。报完名回家的路上，他给我买了一个布娃娃，表示安慰鼓励，然后又领着我走进巴东照相馆照了一张相。镜头前他蹲下身子扶着我，右手指着侧前方，说你看那里。摄像师就啪地照了。顺着他指的方向，幺舅叮嘱照相馆写下了一行具有文学色彩的话：看太阳从那里升起。

一个女孩，因为初次踏进学堂门槛读书而受到的一连串鼓励，足以影响她的一生。

后来因为父母的工作调动，我读完小学一年级，离开了外婆的木楼去了另外的城市。幺舅不时从邮局给我寄来一包包书，并附有简短的信。有一次他在信中写道：每次看书的时间不宜过长，以免眼睛疲劳。当眼睛连续看几个小时以后，要去看一看绿的颜色，绿树青草都行，能使眼睛减轻疲劳……

幺舅的话我一直坚信不移，之后每当看书或写了一些文字以后，我都习惯地去搜寻一片绿色，也会同时想起亲爱的幺舅。应该说幺舅是一个十分俊逸的男子，他个头高高的，有一副宽肩，当年的照片上可以看到他眉毛黑而浓，一双略略低陷的眼睛，整洁的学生头，脖子上围了一条雪白的围巾，这使他略显沉郁的模样酷似五四时期的青年学生。幺舅当年考上了大学，但他心存遗憾，所考中的是湖北大学的经贸专业而不是文学。他不止一次地对人说，他终究还是要搞文学的，权且把现在的学习当作扩大知识面。

幺舅的那些话都印在了我心里，他对书和文学的钟情，也像磁铁一样吸引着我。

书为我的人生点亮了一盏灯

后来我进了初中。正值"文化大革命"，噩梦般的情景使一个女孩头一次感到人生的严酷。我妈说，你去外婆那里住一阵子吧。

于是我坐车去了巴东县城外婆的木楼，住进了幺舅的小屋。幺舅那时在武汉上大学，虽然校园里也是一团糟，可他对学业的痴迷使他舍不得离开，外婆木楼里本属于他的那间小屋就成了我的乐园。

幺舅小屋的窗门可以用木棍支起来，窗外是隔壁药铺的屋顶，一大片青灰的瓦上，不时有麻雀飞来飞去，阳光灿烂的日子，就将洗刷过的鞋晒在屋顶上，白鞋青瓦看上去十分洁净。幺舅小屋只能放下一张床和一张桌子，但幺舅床下那些装书的木箱，却是一个丰富博大的世界。在外婆的默许下，我费尽功夫撬开了幺舅挂了钉子的木箱，那里面全都是他省吃俭用买下的文学名著。

我迅疾地翻阅着，实际上我并不完全懂得那些书的价值，开始只是选择一些带有图片的外国电影故事，逐步才去看《安娜·卡列

尼娜》《笑面人》《少年维特之烦恼》……似曾听说或毫不相识的一本本厚的薄的，有着精美插图或没有插图的书，像是从地下突然挖出来的宝藏令我目不暇接。我忘记了吃饭，忘记了睡觉，贪婪地沉醉在书中的情景里，那是一个让我忘掉身边一切的好去处呵。

沉湎在书中的时光不知不觉就过去了，常常吃过晚饭就靠在小床上，就着床头的小灯读起来，周围的世界渐渐沉寂，看着看着，灯光变得昏黄，那是因为阳光已经透过窗户照亮了小屋。书中的人物陪伴我度过了多少个不眠之夜，没有喧嚣也没人管束，在那个混乱的年月里居然感到了一种独有的惬意。

么舅的书为我的人生点亮了一盏明亮的灯。

16岁时，我们这群本应该在校读书的少年背着行囊到陌生的乡下插队落户，我和女同学彭力勤住在一道山梁上的保管室，那儿离最近的人家也有一两里路，一到夜晚就格外冷清。一天的劳作之后，回到阴暗孤寂的土墙屋里，思乡之情会油然而生，对前途的茫然更让人愁肠百结。但好在有书，我随身携带了几本在当时不能阅读的禁书：《红楼梦》、《西游记》和《青春之歌》。到乡下之后，还从当地的小学教员和会唱山歌的老先生那里偷偷借来一些他们珍藏的线装书，一些流落民间的清末民初的手抄话本，大多是警诫世人、劝恶从善的故事和诗文。夜里就着小油灯，不管外面刮风下雨，一本书便让人进入另一番天地。

最令人心动的感觉是相会

读书的好处很多，最令人心动的感觉是相会，无论何时何地，只要翻开书本，就会找一个新的世界，遇到一个或一群心灵相通的朋友，你与他们共同漫游，倾听他们的娓娓细语，与他们一起共悲欢。总之，你不再是一个孤独烦恼的人，不再是一个浮躁或空虚的人，你的灵魂在无数个神奇的世界里遨游。

因而在我看来，读书的快乐是平生所尝到的最大快乐。

作为女性，似乎要比男性嗜好的天地狭窄一些，但只要有书相伴，足以让所有其他的爱好退居第二位。在我的生活中，有一个始终不变的习惯，便是每到一地首先就是搜寻书报杂志，或探亲访友，或出差在外，倘若没有书便觉得一切索然无味，而若是身边有一本好书，漫漫旅途也不会觉得劳顿和拥挤喧闹。我曾多次在北京和武汉之间往返，在火车上常常不与任何人搭话，只是读书，有了书，哪还有工夫顾及其他呢？

在捧起书卷的那一刻，时常会想起亲爱的么舅。教我从小读书的么舅，无疑是一个充满理想的人，他总觉得他应该不断地发奋努力，干出大事业来。他的梦想来自从小经受的磨砺，他生于战乱时期，两三岁时就随着做工的母亲、哥哥、姐姐颠沛流离，从巴东到武汉，再到湖南、江西、广西，辗转几千里十余载，住过野庙草房，讨过残汤剩饭，比他更小的弟弟死在了这条漫长的路上，他总算侥幸活了过来。他因此很喜欢高尔基，说那人什么样的苦都吃过。在他上大学的日子里，他认真地对待学业，并暗暗开始了他的文学计划，为一部长篇小说开了头。

这是以后从他的笔记本里得知的。但令人极为悲哀的是，么舅在尚未完成他的长篇写作、尚在青春年华之时，却因为一场江上的意外而永远离开了人世。很多年里，我都难以接受这个残酷的事实，时常追忆他神采飞扬的音容笑貌，回味他的每一句叮咛。总在想，么舅为我点亮的灯仍灼灼照人，可么舅他去哪儿了呢？

如今，随着三峡大坝的修建，长江水涨 135 米，巴东老县城早已隐入大江水下，外婆的木楼也不复存在，但么舅小屋的那些书仍被亲人们珍藏着，书中的人物故事也永远萦绕在我心头。

年复一年，在么舅为我点亮的灯下，我读书，也写书。如今的书太多了，光怪陆离的世界，浩瀚的书海，各种各样的书，应有尽有，不该有的也有。这让我意识到，选择读什么样的书，写出什么样的书，对读者和作者都是越来越大的考验。而我，终归的努力仍然要向着美和善而去，那也正是么舅给我的文学课里最初、最要紧的提示啊。

筑万松浦记

我一直想找一个很好的地方，在那里做一点极有意义的事情。

小岛对面

在龙口市的北部，渤海湾里有两个小岛，桑岛和依岛。桑岛上有 800 多户，有松树和槐树林，有灯塔和礁石。这是个很美的岛，关于它的传说很多。其中有一个传说与它的命名有关，说的是秦代的智慧人物徐市（福）被秦始皇遣去东瀛寻找长生不老药，行前曾在岛上种植桑树，养蚕织造。徐市后来带走了很多人，他这一去发现了日本列岛，高高兴兴过起了独立王国的日子，再也不回来了。这就是所谓的"止王不归"，整个的事件被记录在中国的信史《史记》中，可见已不是传说了。

那一次我在岛上待了一个多星期，住在同学家里，尽享岛上新奇。有许多天，我一直在小岛对面的那片海滩上徘徊。这是一片真正迷人的沙岸，洁白到了无一丝粗砺和污迹；碧蓝的海水，退潮时露出 50 多米的浅滩。

人们的传统居住理想，就是尽可能在河边筑屋，做所谓的"河畔人家"。而眼前的情与境何等诱人：海岸林中河边，三位一体。更为难能可贵的是，这里离那个去海岛的小码头仅有一华里之遥，安静便利，却没有喧闹。除此之外这里还有历史掌故，有传奇，有静下来即可听到的古河的哗哗之声。

最为诱人的还是这片无边的松林。准确讲它有两万六千亩，主要是黑松。大约 40 年前有一场浩大的造林活动，出动了万人营造沿海防风林，是这样的日积月累才产生了如此伟大的造就。苍茫海滩上的原生树种有小量黑松，其余就是一些灌木；乔木类有白杨、槐树、榆树、小叶杨、橡树和柳树。当人工松林于 40 年后蔚然壮观之时，原有的大树就显得苍老豪迈了。走在林中，难免想象做一个林中人的幸福。可是这种打算太奢侈了。这种奢侈不可以留给自己，而应该留给更多的人。

人缘

一个情境在心中渐渐完成，这就是在栾河边、万亩松林的空地上盖一处书院。

中国古代有著名的三大书院，如今除了岳麓，其余学术不兴。现代书院该是怎样的姿容，倒也颇费猜想。静下思之，她起码应该是收敛了的热烈，是喧闹一侧的安谧和肃穆。热闹易，安稳难。可是一些深邃的思想和悠远的情怀，自古以来都成就在有所回避之地。它的确需要退开一些，退回到一个角落里。

于是就想到找一处角落、一个地方。龙口地处半岛上的一个小小犄角，深入渤海，像是茫茫中的倾听或等待，更像是沉思。更好在它还是那个秦代大传奇的主角——徐市（福）的原籍，是他传奇人生的启航之地。一个更迷人的故事就发生在脚下：战国末期，强秦凌弱，只有最东方的齐国接收了海内最著名的流亡学士，创立了名噪天下的稷下学派。"百花齐放百家争鸣"就源于稷下。随着暴秦东进，焚书坑儒和齐的最后灭亡，这批伟大的思想家就不得不继续向东跋涉，来到地处边陲的半岛犄角"徐乡县"。这里由是成为新的"百花齐放之城"。而今天的港栾河入海口离徐乡县古城遗址仅有10华里，正是她当年的出海口。可以想象，秦代一统海内的最初几年，徐乡城称得上天下的文心。

在那些令人难忘的日子里，不止一位朋友与我一起实地勘察，迈步丈量穿林过河。往往是多半天过去，面无倦容手持野花而归，谈吐间全是书院遐想。

筑起了

修筑一座现代书院的心愿渐渐化为一张蓝图。古代书院并不高大，今天的书院也不应太奢华。它要隐在林中空地上，伏下来静听河水和海声；每天到了午夜，它会有一个深长的呼吸与林海河流相通。不言而喻，它的身边还应有古树老藤，就是说它连系着原野上的一草一木。我对施工的人说：在这儿人是第一宝贵，树是第二宝贵。

开筑了，最初的日子颇为顺利，但地基深挖下去就遇到了古河淤泥，这就需要清泥填沙，需要打进粗长的水泥桩。还有尽力躲避空地林木的问题，因为一不小心就会碰折一棵树木。事至半截有野夫纠集在一起，有零零散散的阻拦，这些当不出预料。有人出面化解鼎力相助，更是感激在心。

我和朋友一起制定了个公约：书院选址在此，就要爱惜此地自然，绝不能损伤一点动物林草；所有在书院做事营生者，都要做个体力劳动与脑力劳动相结合者，不得终日室内攻读或消闲懒散，而要每天于野外做工，所有劳务凡能自己动手绝不找别人帮助；最好每人学一份手艺，农事，木工，园林，装裱，陶艺，所学必得应用，并在应用中日见精密；无论做学问做日常功夫，都不必受时尚驱使；要心安勿躁，勤勉认真，崇尚真理。

终于说到她的命名了："万松浦书院"。其中的"万松"不难理解，因为地处两万亩松林；"浦"，是河的入海口。

中国历史上有许多书院。其中成名并流传的有三大书院，至今仍然运行的仅余一二。万松浦书院立起易，千百年后仍立则大不易。

说风雅

赵丽宏

风雅这个词最初的源头，大概起于《诗经》吧。风、雅、颂，是诗经三部分的名字，风是民歌田歌，雅是典雅之乐，颂就是颂歌，后人取前两个字，风和雅，组成风雅这样一个词，这是汉字的奇妙。颂歌并不是人人爱唱，更不是人人爱听的，千百年来，一直如此。所以，风雅这个词，绝不会被"风颂"或者"雅颂"替代，这也是人心所向、约定俗成的事情。

何为风雅？千百年来，中国人一直在丰富着这个词的内涵。俞伯牙和钟子期高山流水识知音，那是一种风雅；陶渊明"采菊东篱下，悠然见南山"，也是一种风雅；王羲之聚友兰亭，曲水流觞，斗酒吟诗，又是一种风雅；李太白"花间一壶酒，独酌无相亲，举杯邀明月，对影成三人"，是一种风雅；苏东坡"老夫聊发少年狂，左牵黄，右擎苍"，也是一种风雅；古人读书吟诗、下棋抚琴、玩水赏月，都是风雅的举动。

以前有人这样说："雅士琴棋书画，俗人柴米油盐。"把柴米油盐和风雅对立，其实很没有道理。会琴棋书画的人，怎么离得开柴米油盐呢？没有柴米油盐，连果腹都成问题，哪里有力气去摆弄琴棋书画。是人，都难免世俗，要挡风遮雨住房子，要御寒保暖穿衣服，要吃饭，要喝水，这是做人的基本需要，无法避免的。风雅，似乎是衣食无忧之后的闲情逸致，是一种精神的追求，是一种做人的情调。现代人所说的风雅，和古人的风雅，在本质上仍然是一脉相承的。

风雅的反义词和对立面，应该是粗俗和庸俗。一切没有修养、没有文化的行为，一切虚伪和夸张，一切损人利己或者损人不利己的行为，都是粗俗和庸俗。知道粗俗和庸俗是什么，反过来也会对风雅认识得更明晰更深刻。

风雅，和贫富并没有必然的关系。清贫者，可能以他独特的方式显示出风雅来。烛火下读一卷旧书，陋室里养一盆幽兰，喧嚣中听一首名曲，只要会心用情，都不失为风雅之士。而有些腰缠万贯的富豪，尽管衣冠楚楚，名车代步，挥手间黄金钻石光芒夺目，然而他们的眉飞色舞和颐指气使，却和风雅沾不上一点边。

风雅是心灵的需要，是精神的寄托，是情感的交流，是发自内心的真实寻求。有一个和风雅相关却与风雅相悖的成语——附庸风雅，这个成语在生活中使用的频率也许超过风雅这个词。

附庸风雅，其实也是庸俗。附庸风雅的风雅，是装出来的，是把风雅像标贴一样贴在庸俗的东西上。譬如明明胸无点墨，平时也根本没有读书的兴致，却偏要在新装修的房子里辟出豪华的书房，高大的书架上，摆满了精装的书籍——它们的功能，仅仅是用来装饰。再譬如，明明对艺术一窍不通，也并不喜欢，却常常故作优雅出入和艺术有关的场所……

不过，我还是要为"附庸风雅"说几句好话。附庸风雅，是因为知道风雅是好东西，知道和风雅沾边能提高做人的层次，也可能赢得别人的尊重，所以愿意花力气去追求风雅。这总比沉迷于粗俗和庸俗好，比拒绝排斥风雅好，"附庸"的时间长了，也许会真的风雅起来。

风雅与否，对于一个人，对于一个城市，道理其实是一样的。城市建设发展了，如果不考虑文化建设，不考虑提高人的精神文明水平，那么，这个城市再繁华，再热闹，再高楼林立，再科技发达，它也可能是贫瘠的、荒蛮的、落后的。

一个从德国来的朋友告诉我，德国战败后，德国的城市大多被愤怒的苏联红军和盟军的炮火炸为一片废墟。战后的重建，对德国人来说是一件既艰难又痛苦的事情。战争狂人希特勒几乎毁灭了德国，但德国人民的生活必须重新开始。有一个细节，可以载入历史：饥寒交迫的德国人在重建他们的城市时，最先考虑的，竟然是音乐厅和歌剧院，市民们饿着肚皮，为修建歌剧院义务劳动。

这不是附庸风雅，而是渴望风雅。这种对风雅的追求，可以说是深入到了血液和骨髓之中。有着这样素养和精神的民族，未来的前景是不可能黯淡的。

我们的海派文化，其实正是一种倡导风雅的文化。海纳百川的雅量，追新求美的风尚，让真善美渗透生活的所有领域，是海派文化的核心。我们周围正在发生的一些变化，大概都是和风雅有关的。风雅，离我们的生活还有多少距离呢？城市里的绿地越来越多，水泥高楼间也有了鸟语花香；人们对美和个性有了越来越多的追求，从建筑的式样，到人们身上的服饰；艺术在人们的生活中占据的空间也越来越多，艺术展演的信息雪片般飘飞在城市的每个角落；上海书展人头涌动，书香在年轻人的手中传递……说我们的生活已经是风雅的生活，为时尚早，粗俗和庸俗还随处可见。然而，追求风雅已经渐成风气，这应该让人欣慰。

愿更多的人风雅起来，愿我们的生活一天天风雅起来。

玩家

赵大年

　　玩家可不是北京大学、哈佛大学、牛津大学能够培养出来的。玩家来自热爱生活之兴趣。

　　陈建功的小说《找乐》，写的是一群老年玩家因爱好京剧走到了一起，在胡同里，在公园外面的墙根底下，自拉自唱，办起了不花钱的"京剧卡拉OK"，娱悦自身。他们的子女忙于上班，也许并不孝顺，老人们就自己找乐，自己哄着自己过，活得那么开心。他们害怕孤独，却不怨天尤人，而是在京剧里找到了自己的位置，自己的角色，自己的搭档和朋友。人生在世，谁还没个老呢？怎样对待自己的老年生活实在是一门学问。

　　我的熟人中不乏玩家。吴祖光是"神童"，20岁写的话剧《风雪夜归人》风靡抗战陪都重庆，还同时给几家报纸写连载文章，戏称"耍笔杆子",玩出一笔好字。

汪曾祺的戏词写得多么好呀,《沙家浜》"智斗"脍炙人口,句句美文。小说《受戒》可传世。他还爱玩书法、绘画,又是美食家。他的书画只送给小人物,宾馆的女服务员缠着他要,在客房立等,每晚 11 点还得我去把她们撵走。同去洞头列岛采风,海岛女民兵都是当地职工,召之即来,烫着发、涂着口红列队演练,进行实弹射击,好看得很。汪老题词,"飒爽英姿五尺枪,海岛红妆爱武装"。女民兵连长送过枪来"请汪老示范射击",这位多才多艺的玩家傻了眼,只好让贤,"还是请志愿军老兵来示范吧"!百米卧射,我打了 3 个 8 环、7 个 9 环。事后对他说,您要是还会玩枪,我就要尊称您杂家了。

古人也不乏玩家,"不为五斗米折腰"的陶渊明,厌恶官场腐败,只当了几个月县令,就辞官还乡,耕读一生。他在诗歌《归去来兮辞》里写道:回家去吧,跟这喧嚣的尘世绝交了。世俗与我的愿望相悖,还有什么值得追求?回家享受天伦之乐,闲暇时读书弹琴,也可消除忧愁……他"采菊东篱下,悠然见南山"的乐趣,反映了封建社会的"隐士"也能玩出一片天地。

诸葛亮堪称大玩家,"草船借箭",浓雾锁江,夜闯敌营,断定了箭如飞蝗,谈笑间收取十万,曹操周郎一双哑巴吃黄连。"借东风",有风无风,皆难逃周瑜嫉贤妒能之刀斧,登坛作法,唤来火烧赤壁，铸就孙刘联盟。"空城计"，诸葛一生唯谨慎。铤而走险，城头抚琴，虚实莫测，吓退司马懿十万大军。罗贯中的神来之笔，让诸葛亮玩出了冒险家的气魄和智慧。

我也是从小爱玩之人，逮蛐蛐、掏家雀、堆雪人、粘知了。抗战十四年逃难到南方，生活艰苦，挡不住玩儿，游泳、摸鱼、钓青蛙，田鸡腿炒辣椒好吃极了。上中学踢足球，耄耋之年仍是铁杆球迷，半夜起床，一场不落地看南非、巴西世界杯赛。说起"不看足球，人生乐趣就少了一半"，"不爱钓鱼，乐趣又少了一半"，"不打麻将，乐趣再少一半"。好在每次减一半，永远减不完。

我玩得最最透彻的伙伴是自行车。从儿时"掏裆踩半轮"玩起，已骑车60年，世界名牌"三枪""凤头"，国内名牌"飞鸽""永久""大红旗"，玩得滴溜转；补胎、拿龙、换件不求人，对它了如指掌，超过了解妻儿。"穷玩车，富玩表"的年代，北京是个"自行车王国"，上学、上班、出差、郊游，几里几十里，一骗腿儿就上车，没遮拦。抗美援朝，我骑车送邮件，跟敌机捉迷藏，"野马"（P-51）俯冲下来，我一拐弯，它就浪费一梭子子弹。下放平谷县山区劳动，每月回城一次，90公里，时速15迈，跟"铁腿运输队"结伴同行，他们一车挂两大筐400斤鸡蛋，可以无破损地送进北京，敝人自愧弗如。但我的"大红旗"也能驮百十斤山货回家——柿子、红果、雪花梨、核桃、栗子、红小豆，鲜果3分钱一斤，干果6分，价廉味美，全家欢喜。

自行车不是专家设计的，其聪明才智是玩出来的。最早的自行车出现在意大利画家笔下。1790年德国西夫拉克伯爵在狭窄的街道遇上堵车，被马车溅了一身泥水，他没生气，而是突发奇想：如果把马车从中间切成两半，会车时不就容易通过了吗？于是他给木马前后各装一个木车轮，骑着它脚踏地面前行，旁观者觉得很有趣，称之为"木马轮"。冯德赖斯男爵又在"木马轮"上加装车把，成为可控制方向的木质两轮车，并于1818年在英国申请了发明专利。1839年苏格兰铁匠麦克米兰在此基础上制成了曲柄连杆驱动后轮的铁质自行车，骑上去，两脚离地，蹬踏曲柄前行。这是一项十分大胆而睿智的创举。他不知摔了多少跤，遭受多少讥笑。围观者说，这个两轮单车本身就站不住，人骑上去还有不摔跤的？而麦克米兰认为，两轮单车在静止状态会倒，在动态中随时调整方向就可以不倒。他坚持练习，熟能生巧，终于骑着自行车在马路上跑了！

此后还有许多玩家完善自行车，法国人米肖给它装上能转动的脚踏板，爱尔兰兽医邓洛普加装充气橡胶轮胎。直到1888年，英国机械工程师斯塔利这位集大成者，才制造出"前叉把握方向、链条驱动后轮"的第一辆现代自行车；而且获得批量生产，迅速普及全球。

发明自行车有两大特点：两个车轮前后纵向配置，动力来自乘车人自身。这两点都是"前无古人"的创举。留心一看就知道，马车、汽车等各种车辆，两轮、四轮或多轮，都是左右横向配置，车身较宽，占用道路的面积较大；自行车又名单车，占用道路的宽度最小，羊肠小道也能通行。再者，马车靠畜力，汽车、火车耗油耗煤耗电，人力车也靠车夫拉，而骑自行车用的是自身力气。骑车好啊，交通代步、体育锻炼、节省能源、保护环境，一举多得。

六十年一甲子，是夏历一个世纪。哈，我是跨世纪的骑车人，我若长寿，宁愿再骑车六十年。

手头活

短暂平和状态下的劳作使我体会到，做家务对修炼心态和状态很有好处，能使自己找到掌控生活大局的笃定，找到生活主人的感觉，找到按部就班的心境。对我来说，家务修炼的标准之一就是在任何地方面对灰尘油污都不皱眉，任何时候找东西都不抓狂。有的女作家同时又是良好的家庭主妇，用家务中挤出来的时间，一样可以不急不躁地写作，那实在是修炼到家了。家务之于我多半意味着压迫，作为日常生活的旁观者，一点风吹草动的事务都使我不能写作，这令我沮丧透顶。关于血型星座的解析说，我要克服为小事所绊倒的倾向。是的，正中命门。我的强迫症、洁癖、神经质加在一起，使我足以成为一个精神病患者。洁癖内化到心，就是精神奴役。世俗层面上的为小事所纠缠，到了写作中，就是思路和情绪的无限枝杈横生和缠绕，让我心累心衰心血管堵塞。波普艺术家安迪·沃霍尔说：如果你不沉溺于琐事，你就会多产。不幸的是，我正是那个沉溺者。

茨维塔耶娃有首诗叫《我祝福我们的手头活》。祝福手头活？我只有极少数的时候能不憎恨手头活，并非我贤惠，皆因拖了太久，拖成心病，再去做，就有成就感了。这种成就感也只是愉悦，不能转化为我对家务的祝福。

茨维塔耶娃在《我祝福我们的手头活》中写：而这外套，你的外套，我的外套／半落满了灰，半是洞。看起来，对那些灰和洞，她是那么安然、和悦。这种安之若素正是与世界之间的和谐，是我无论如何做不到的。面对灰尘破洞，我只有皱眉，只有心里打结。帕斯捷尔纳克致茨维塔耶娃诗中有一句：而今夜，你是舞曲，世界是错误。茨维塔耶娃视为"舞曲"的，在我，对应的多半是"错误"。女诗人的生活得有多么不堪，才能对灰尘破洞安之若素！是的，它映射的正是茨维塔耶娃颠沛流离几无立身之地的生活，由于政治因素，当俄罗斯的国境线成为她和帕斯捷尔纳克的问题时，那些形而下的碎屑便不会再啮咬他们，它们统统隐遁了，隐遁在大事件的穹顶之下，就像皮隐匿了馅。当非常时期人的生活太成问题时，平常日月的生活问题反而丝毫不是问题了。有时候，我会渴望某些大时代，把人从庸常的琐碎带离，当然，这种叶公好龙是滤去了大时代的荒谬，只图对"小时代"之"小"的突破。比如，红卫兵们激情万丈的大串联就让我艳羡不已，那种超越了形而下的旗帜一样飘扬的生活，令我为生活琐屑所壅塞的胸膛如撕开般豁亮。你可以说我糊涂，但那些靠信仰和理想喂养着的清醒的"信仰控""理想控"，一样有着为俗务所围困的失落："如今，当年轻时的伙伴聚会散场之后……你为什么会陡然生出一点儿向往？……当你咔嚓一声打开房门，走进你那仍然简陋或者不再简陋的家时，又为什么会陡然地生出一丝失落，为你日复一日面临着的琐碎而烦恼？"徐晓在《半生为人》中表达的失落，从另一侧面说明凡俗的琐碎并不比理想和信仰容易超越。

有人总结一个灿烂至极归于平淡、波澜不惊淡定转身、一生完成得很好的名媛："或许，只有爱自己的女人，才能做一辈子的美人。寻常女子的那点喜怒哀乐不过是拈花弹指……繁杂琐事于她，更是不值一晒的皮毛。"可是，我正是因为太爱自己了，才害怕繁杂琐事的皮毛，才会为皮毛所打倒。

我的"淘金"岁月

肖　彭

　　我家乡的小镇坐落在苏、豫、皖三省交界，是乡政府所在地，也是周边比较大的一个集贸市场。我的童年和中小学寒暑假常常在那里度过，至今我还深深怀念那段"淘金"岁月。

　　我的父母都是小学教师，微薄的收入维持一家人的生活还紧紧巴巴，哪里有闲钱买书？我家那时住在学校分的一间十几平方米的房子里，屋子里放一张大床两张小床就几乎没有下脚的空。爸爸看的书，不是塞在床垫底下，就是放在床头旁边，看完就还给书的主人。我上小学之前就对四大名著和一些红色经典作品、英雄人物有所了解，都是在集市上听说大鼓书的听来的。

　　我老家小镇三省交界的特殊位置，多年形成了远近闻名的市场，每隔两天逢一次集。我家门前的空地相对大一些，一到逢集就有说大鼓书的在那儿摆摊说书。集上爱听书的老人天朦胧时就把小板凳摆上抢占位置。说大鼓书的艺人走马灯似的经常换，我记忆较深的一位说书艺人长得又黑又胖，额头宽阔，嘴噘得几乎和鼻子持平，因而人送外号"猪九戒"，意思是"猪八戒"的弟弟。但这位艺人口才的确了不得，《三国演义》中"桃园三结义"他就讲了两个月30多场。小说《烈火金钢》里有个叫肖飞的侦察英雄，就进城为伤员买药这一个章节，他说了三个晚上。在他嘴里，肖飞是神龙、飞侠，一身轻功，能飞檐走壁，几十米高的城墙一跃而过。他的枪法更是举世无双，百米之外一枪能击中一颗红枣……每次说到惊心动魄处，他就留下个悬念，要么开始收钱，要么等第二天再接上说。说实话，这些说大鼓书的艺人，可以称为改编者或再创作者，抑或叫编剧加导演。他们讲的故事情节比书中文字描述的更生动、更形象、更感染人。听了上半场急于想听下半场，听过一场，心里像猫儿抓了一样闹心……

我三年级那年，轰轰烈烈的"破四旧、立四新"运动遍及全国城乡。我回老家时看到很多人把家中的藏书、字画拿到大街上当众烧掉。有位白胡子老爷爷（老中医）双手颤抖，饱含热泪，把一抱字画和线装书扔进熊熊燃烧的大火中。他突然跪倒在地，表面上是在用袖子煽火，其实是在向那些他心中神圣的文化忏悔……就在那天，我和一位小朋友趁人群混乱，分别拣（也可以

叫抢）了几本书，我拣的书中有一本周立波的《暴风骤雨》，上半部分被烧了，只能看下半部分。我正愁怎么才能知道上半部分内容时，我那位小朋友把完整的书拿到我面前显摆。在我的软缠硬磨下，他告诉我是在供销社废品收购站淘来的。我听了拔腿就往供销社废品收购站跑。到了院里，我一下子目瞪口呆，那儿堆积的书果然如同一座小山。后来才知道，有不少人不忍把书扔进火堆化为灰烬，于是打包送到废旧物品收购站去卖。

这座"山"对于从小就爱读书的我来说，具有磁场一般的吸引力。一开始，我装作若无其事，到书堆里随随便便挑了一本最薄的书，揣在怀里就赶快朝家走，生怕别人看见。回到家，我就如饥似渴地读起来。至今，我还清清楚楚地记得那是作家刘绍棠先生的《运河的桨声》。我是用了一个晚上，一口气把那本书读完的。当然，书中有不少"拦路虎"。不过我有办法，不认识的字就跳过去。第二天，我又到了废品回收站，"淘"了一本杨沫的《青春之歌》……几天过去后，我竟然"淘"了七八本书，心里乐滋滋的。

我的父母在江苏工作，老家住着我的祖父母。以往，我是每个月回去看望一次祖父母，假期时在那儿待得时间长。但自从知道了那儿有一座书"山"后，我每个星期天都要回到书山淘书。不久，废品回收站的负责人老苏大爷就发现了我。老苏大爷是本地人，和我祖父、我父亲都很熟悉。这是一个让我终生难忘的长者。他发现了我"偷"书的行为之后，没有责备我，更没有"处罚"我，而是根据我的爱好"指导"我选书。那些书有的封面被撕掉了，有的前后页码缺失，有的被水浸湿过……多少有些残疾，但对我来说都很珍贵。

在那个废品回收站里，我淘到了一些自己喜欢看的书。读书不仅让我享受到阅读的快乐，而且开阔了视野，增长了知识，同时也培养了我对文学的热爱，一步步地接近自己的文学梦。书多了以后，父亲给我做了只红木箱。高中毕业下乡时，我和其他知青不同的一点是，我的行李中多了那只沉甸甸的红木箱，里边装着100多册我"淘"来并经过精心挑选的图书。我早期的一些习作，就是趴在红木箱上写出来并问世的。在枯燥的乡下生活中，红木箱里的书，成了我的精神支柱。

我的红木箱子有《红楼梦》《水浒传》《红旗谱》《苦菜花》《林海雪原》《青春之歌》《烈火金刚》《敌后武工队》《铁道游击队》《三国演义》《红与黑》《普希金小说诗歌选》……有些书，曾被我一遍又一遍地读过。不久，我有一只装满书的红木箱的事，就在知青里传开了。于是，大凡爱看书的都到我那里借书，一群年轻人久被禁锢的心灵终于找到了另一片天地。从某种意义上说，那只红木箱成了我们那个知青点的"图书室"，成了一群生活枯燥的青年人的精神家园。

　　我清楚记得 1976 年唐山大震后，我们知青点也按宿舍划分在屋外搭了一排排防震棚。到了晚上，我在防震棚的蚊帐里看书、写作，同棚的几个知青为了不打扰我，相约在棚外席地而坐打牌。我不时听到噼啪的声音，是他们在拍打恶毒攻击身体的蚊子。至今回想起来，我仍感动得热泪盈眶。现在想一想，在那样一个知识被贬低得一文不值的年代，有这么多的人还喜爱读书、还没有忘记读书，是一件多么让人欣慰的事啊！而这种追求知识的信念，也正是当时中国的希望所在。

　　我少儿时代"淘金"淘来的书，在几块木板拼起的红木箱中，一直伴随我招工回到城里。直到我结婚，有了家，也有了书柜，而且那些书也可以重见天日，光明正大地上了架，也没有把那只红木箱子扔掉。后来，我因工作岗位变迁离开家乡，那只红木箱被送到了父亲那里。前不久，我亲爱的父亲因病去世，在整理他的遗物时，我眼前一亮，那只红木箱竟然还静静地放置在父亲的书屋里。虽然它已不再油漆光鲜，斑斑驳驳的表面仿佛在向人诉说着它见证的岁月。但这看似破旧的红木箱，曾装着我的文学梦想，装着我的人生追求，装着一段我"淘金"的历史。

一事精致，便能动人

张 勇

轰轰烈烈固然令人艳羡，但毕竟我们中的大多数都只不过是沧海一粟。千军万马虽众，能挤过独木桥的却屈指可数。无限风光在险峰，能欣赏到的也只是寥寥。如此，我们就注定平凡吗？

不是的。

《南村辍耕录》里头讲：南宋有位官员，想在杭州找个小妾，找来找去没有可心的，后来有人给他带来一位叫奚奴的姑娘，人漂亮，问会干什么，回答是会温酒。周围的人都笑，这位官员倒是没笑，就请她温酒试试。头一次，酒太烫，第二次又有点凉，第三次合适了，喝了。从此以后，温酒从来都没失手过。既而每日并如初之第三次。公喜，遂纳焉。这位官员终身都带着奚奴，处处适意，死后把家产也给了她。为什么呢？因为"一事精致，便能动人，亦其专心致志而然"。

西北湖咖啡豆，是个只有十平方米的小咖啡铺，只有两三张桌子，没有任何装修，却开了足足十年。这对台湾来的兄妹，驻扎在武汉，成了武汉小型咖啡馆的鼻祖，只卖曼特宁，从烘豆到咖啡，全部亲手制作。他家的店火到什么程度？很多客人只是路过，宁可站着，也会喝一杯咖啡再走，心满意足。咖啡的香味，大老远就能闻到。一家小铺，一种单品咖啡，提供无限的咖啡念想和生活方式。这让我也想起鼓浪屿那个坚持只卖蓝山的咖啡馆，老板娘偏好蓝山，只卖这种咖啡，那也是我喝过的最好的蓝山，一杯咖啡就让人灵魂出窍。

当年上海有个沈京似，是个大吃家，把祖辈留下的家业吃得精光，卖房子卖地吃。一般南北名厨到上海打天下，别人都可以不见，但沈先生却是要会一会的。沈先生当然不是有吃就到场的人，一般他要看请的什么人，谁烧的菜，嘴刁得怕人。他是潜心研究"吃"的一代沪上美食家，成为餐饮界的"无冕之王"，在社会上颇具声望。

后来沈先生穷下来了。他什么也不会，就会个吃。出去登记要工作，人家问他，你会干什么？他说我会吃。呸！谁不会吃！后来有人把他这个本事反映给陈毅市长，说有个人光会吃，看给安排一个什么工作合适？陈市长说："哦，那算得好汉子。吃了一辈子，散尽家财去吃，不容易！"让他到国际饭店工作，专门做菜的品尝工作。后来上海国际饭店的菜一直质量很高，与他这张刁嘴的贡献分不开。给他开出的月工资200元左右，在当时也算很高的工资了。专家教授也不过如此。他的烹饪研究具有很高的艺术鉴赏水平，60年代，他主持编辑了《菜谱集锦》一书，曾多次再版，广泛应用于上海和全国各地大宾馆，他却不同意把自己的名字印入书中。他是烹调界公认的权威，为许多人赞赏。

张继以一首《枫桥夜泊》名留千古、张若虚以《春江花月夜》孤篇压倒全唐、玛格丽特·米切尔以《飘》屹立于世界文坛，人生不需很多，只要一点点足矣。可叹世上不知多少聪明人，一生没有做好一件事。

"心心在一艺，其艺必工；心心在一职，其职必举。"只要你能够倾一生的时光与精力、倾一生的思维与智慧、倾一生的执着与追求，黾勉苦辛，朝乾夕惕，不气馁、不放弃，把自己所从事的工作做到完美、做到极致，那么，你就能超越梦想、成就辉煌。

麦子，无心事

刘亚荣

一

植物园街南侧，遥遥相望的赭红色楼房之间，有一大块平展展的麦田。迎着夕阳远眺麦浪翻滚的天边，镶上了金边的太行山，让天边显得更加华丽。盛大的场景由远及近，浩浩荡荡，连麦田也多出了金色所致的绚丽元素。我想我对麦子的遗恨，就是在这时得到了彻底修正。

住在城市，能亲近原野上的麦子，是一种奢侈。

我曾经厌恶过麦田。那年，初中毕业没考上高中，在不知所措的日子里，我和麦茬战斗过。麦收的当口，母亲病了，从北京看病回来，她和药丸较上了劲儿，我无可选择地替代母亲，和麦茬较上了劲儿。麦茬的帮凶是坚硬的土地，我的兵器是一杆锄，硬

邦邦的锄杠显然是麦茬的内应，柔软的手以红肿起泡的姿态，与"帮凶"和"内应"进行着持久战。铲麦茬的时候，我胳膊上满是麦芒的伤痕，见证了我割麦子的艰辛。

麦收后的日头，是麦秸烧起来的，带着独有的炽热，风也是焦躁的。一个每月有五天腹痛史的姑娘，忍着坠痛，弯着腰吭哧吭哧铲麦茬，耸立的麦茬像针，更像箭镞，刺得眼泪汪汪的，腰与大地的角度小于 90 度。我憋着劲儿，一锄一锄铲下去，有的棒子苗被铲掉。这样的记忆，可以写一本书。

麦茬像平行的直线，伸向望不到头的地方。我的绝望随之蔓延，没有人能拯救我。母亲心疼，却没法分担。暑天里最可口的冷汤也没了吸引力，只有睡觉才能缓解腰疼。手掌火辣辣的，水泡破了，积液渗出来，疼更加重了几分。我咬着牙，不知道该恨谁，我突然想去上学。

三年初中，从一个古村落到另一个古村落，从鲍墟大堤道口到学校，麦田里踩出了一条弯曲的小路，麦田的主人，屡次用酸枣枝挡在路口，也挡不住我们抄近路的脚步。冬天的麦田，是空旷的，麦苗带着霜，浓雾里包裹着我们也包裹着远处的麦田，远远地，能听到羊的咩咩声，地上有羊粪蛋，偶尔能看到冻得硬邦邦的大雁粪。

麦田里的小路足足有两里地长，亮闪闪的，像夏日天空的闪电撕裂了一块碧绿的毯子。有农人跳着脚骂人，成队的学生默不作声绕过去，看着那个手舞足蹈的人。

二

周岁那天，母亲想验证我的农民身份将来有没有奇迹发生，让我抓周。在书、钢笔、秤杆、针线和馒头之间，我一下子就把馒头揽在怀里。这个馒头也和其他物品一样，被鲜艳的红布隐瞒着真相，我能一下子分辨出来，自然是馒头的香味诱导了我。母亲有些不甘心，她更希望我能抓一支笔一本书，能识文断字，不再面朝黄土背朝天地做一个农妇。随即，母亲笑了，一辈子有白面馒头吃也不错。这是母亲对我的祈愿，也是她们那代人的梦想。这个简单的近似于游戏的仪式，并不能明确预示未来。母亲不知道，她的女儿如今与书相伴，甚至有作品不断发表。

母亲健在时，逢家人生日，她都会做手擀面、蒸馒头。这是一个农家母亲的所有。

关于麦子的记忆，是两个方向。

从秋分开始整饬土地，麦子讲究，地不平、浇水难。耩麦子，要拉耧（耩麦子的工具），只要有把力气的孩子，就会被大人拉到耧前。赤脚蹬在松软的地里，腿肚子都是酸的。麦收更像是噩梦，一些文学作品或者歌颂丰收的喜悦，或者结构劳作的苦楚，我不想再重温超负荷的劳作。

生活中的所有苦累，在麦面食物前俯首称臣。

一角散发着面香的白面饼，可以战胜半日的劳累。一顿带着醋蒜香的冷汤，就可让一个燥热的夏夜安适如春。

母亲和她做的冷汤，已成绝响，再没有人在我生日的时候，亲手擀一碗面。有人说，食物是乡愁的来源，我的认知也如此，却不限于此。如果可以选择，面食我肯定不离不弃。麦子早在我周岁的时候，成为我生命的一部分。

三

过去村里人说谁家富裕，会说趁几囤麦子。

对于现代人来讲，馒头是日常。铁扬先生写过《富翁的破产》，他所谓的富，是趁可以买二十个馒头的一块钱边币。那个兵荒马乱的年代，殷实人家过年也吃不上几次白面馒头。铁扬老师

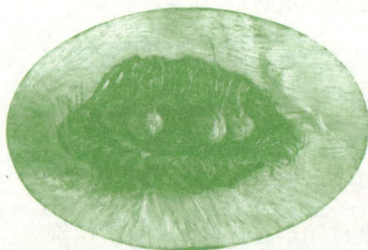

的家乡赵县，与我的家乡都在华北大平原上，都是麦子的主产区。

新婚房的堂屋，靠东北角有一个砖垒洋灰抹的池子，足足占据房间的五分之一。婆婆告诉我，里面是五年前的麦子。神情颇有些骄傲，余粮就是财富。夏天，我发现地面和墙上有"牛子"（一种小甲壳动物，吃麦子、棒子）爬来爬去。竟然是麦子生了虫，满满一池麦子足足塌下去一尺。晾晒后，公公赶紧粜出去。被牛子咬过的麦子，几乎成了一个几近透明的皮。我没有关心这些麦子的去处。有一天晚饭，发现婆婆在吃一种灰乎乎的饼，颜色像扒糕。得知是被虫咬过的麦子做的，尽管我很想尽孝道，却一口也吃不下去。

在自然界，人与虫子的较量此起彼伏，或者说，互生互长，乡谚云"井里的蛤蟆，酱里的蛆"。这不是妥协，而是万物的共生，是农民的生存逻辑和哲学。

麦子是生活的记录者，诸多细节在它摇曳的秸秆里。

新麦下来时，有一件可以改变我身份的事需要交一笔钱，数目不小。我想到了公公、婆婆曾说需要钱的时候，家里给你们一些。我刚做过人工流产，带着一岁多的女儿骑行十多里地，热切切地来了。以为公公会支持一些，没想到碰了一鼻子灰。我也理解老人，家里需要钱的地方太多。

几天后，公公让人送来了钱。我的事情已经办妥，就婉拒了，也是为了不给老人增加负担。

没想到大约一周后，公公突然去世。他倒下的地方，紧靠着柔软的麦秸垛，公公身下有很多榆树枝划出来的算式。那些算式，就是当年麦子的价格和产量。他的褥子底下，压着一叠五颜六色的钱——用新麦子换来的钱。

尽管人们把公公的去世归结为寿数和命运，于我却是无法救赎的遗憾。公公的坟在麦田里，被麦子簇拥着。更多荒冢，和麦子为伴。麦子被风压成扇形，随即又站起来，海浪般起伏。旋即，从碧绿变成黄色，轻盈的舞姿，给人沉重的感觉。

我突然有种宿命感，这也许不是麦子的本意。

把草木染进岁月

朱颂瑜

婆婆有一方粗陶罐，年复一年，盛满了红茶色的洋葱皮。

洋葱皮是她为染复活节彩蛋而储备的。按照传统的习俗，到了黄水仙漫山开放的季节，瑞士的家庭就该准备节日装饰，着手做一些复活节彩蛋了。现在，复活节彩蛋常以巧克力蛋代替，但传统上都应该是用新鲜鸡蛋染色而成。一般来说，他们会在节前一两天把鸡蛋煮熟，一并染色或者作画。到了复活节当日，大人把彩蛋藏起来，再叫孩子们去寻宝，说是兔子藏起来的彩蛋，为童趣守一个永不说破的秘密。

用洋葱皮做草木染彩蛋，染出来的蛋壳会呈淡淡的橙红色。给鸡蛋染色时，除了染纯色，还可以裹上一些新鲜的小花小草。这样染出来的彩蛋，蛋壳上会留下一些不入染的花草纹样，如按上一枚春的图章。

为了保证鸡蛋能染好，婆婆喜欢寸步不离靠在炉子旁边，守着一炉火光，也守着这传统生活的温度。在这些等待的时间缝隙里，她常会想念起一些我认识或者不认识的故人，或者回忆起一些老风俗，披着一肩透窗而入的阳光，在炉子旁边朗朗地讲述着流连忘返的往事，像翻开一本远年的古籍，写满一方水土的旧年风情。

婆婆立在春光里的背影，常会让我记起母国的朋友说，每次遥想到世外桃源一般的瑞士风光，或者看到这个国家领衔最富有国度的排名时，便忍不住好奇，想知道人们在这里的真实生活。彼时，我就会有把眼前情景定格下来的冲动，以时光为证，记下一个春分的午后、一间百年的木屋、一个古旧的粗陶罐、一个耄耋的老者和一段缓慢的传统时光。

我特别喜欢这些传统的情怀，如此温情静好的流金岁月。回看人类文明的源头，从敲击第一块石片开始，无不是这些以手言心的劳动，在历经时间的反复积累下，方才得以渐渐推进，有了后来多姿的生活局面。

我敢肯定，所有这些美好的习俗和传统生活的仪式感，起初无不是乍然闪亮在某个脑袋里的一个灵感，然后，由第一双手去创造和实践。接着，由第二双手、第三双手去模仿、传播，慢慢地，人与物的依存关系就在这些约定俗成的日常细节里沉淀下来，形成

了后来宽大如幔的传统文化。

染好了的彩蛋，婆婆喜欢把它们融入自己的家居布置里，做成节前的饰物，供大家欣赏。我十分喜欢这些染出来的彩蛋，一喜它们清雅的春意，二喜它们水墨般的质感，三喜它们自然天成的明亮。那份由草木赋予的明亮，以春意入题，仿佛有一种幽潜高超的魔力，不单能染亮春天的阳光，染亮温情的岁月，还能染亮一方水土的文化情怀。

用草木染做彩蛋还能生出一种别样的风情，就是凡有花草不入染的部分，永远不会做出花色一模一样的两个彩蛋来。这种独一无二的特性也让我联想起少年时学过的传统手工蜡染，想到土布上那些不规则的冰裂；想到烟雨中的江南，芬芳暗涌的蓝草、热气腾腾的染缸，还有作坊外头的蓝印花布，在日光鼎盛的晾晒场中，一挂一挂，随风荡漾。

遗憾的是，在当今的工业时代，人类的物质消耗越来越大，面对自然和四时风物时，亲密感却是越来越小。我曾经在一篇文章里读到过，现在人们喜欢穿牛仔裤，但是要把牛仔裤做旧却要用上丙烯酸树脂、黏合剂、漂白粉，以及酚类化合物、偶氮化合物、次氯酸盐、钾金属、偶氮染料，高锰酸钾、铬、镉等重金属原料。生产一条牛仔裤的成本是污染 3480 升天然水。在我家乡生产牛仔裤的重镇，这些受污染的水都蜿蜒绕过村庄，从河流进入了东江。

素心如简，草木清明。在追求天人合一的年代，中药、茶叶、水果、蔬菜、草本植物和木本植物曾经都是中国先人日常的植物染料，让人保持和草木亲近，与自然为伍。古籍《唐六典》就曾如此记载："染大抵以草木而成，有以花叶，有以茎实，有以根皮，出有方土，采以时月。"说的是，漫山遍野花果的根、茎、叶、皮，全是旧时染液的材料。

这让我不禁去想，时间包裹着人，在时间里，我们不过是过客，唯独精神可以永恒留存。要是我们把这些先人的生活智慧也常化出一种温馨的生活仪式来，再手手相传下去，那该是多美好的一件事啊。绕指之间，草木为媒。只要手工的温情犹在，传统的自然情怀就能脉脉相传。民俗有人去传承，传统才会有落脚的地方，让一方水土文化精神的密码在民间长久繁衍，生生不息。

世上所有日久年深的传统都是时间的沉淀物，它们不仅收藏了先人对生活的秘密、对自然的感悟，也收藏了岁月的醇香和许多不可言说的美好，像时光的心事，是最好的留世之物。

冬泳三趣

李明忠

狡妻

我参加冬泳，是妻子逼的。她有理有据，不容置辩：你每天伏案码字，熬更守夜，身体已存在隐患。她问：哪年冬天，你不是一吹冷风就鼻塞头疼，梦里就张嘴呼吸，就睡不好觉？她陪我，逼我跳进玄天湖里。

半小时泳程，一整天舒畅。大脑养料充足，码字似有神助，初尝甜头的我，喜欢冬泳了。

这阶段不冷不热，又没蚊虫叮咬，湖水柔情缱绻，任你扑腾俯仰，欢乐嬉戏。

连续两次寒流过境，湖水由微凉变得冰冷。泳友下水前，都打着寒战，不约而同大吼几声，吼出一股喷涌的热情和胆量，为自己助威。

下水不久，寒意从尾椎蔓延而上，脊柱有冰水流淌，五脏六腑都凉透，小指头也僵硬了。游出几十米，急忙和妻子撤回岸上，却发现车钥匙锁在湖边泳友的车中了，开不了自己的车门，换不了保暖衣裤，水淋淋地暴露在寒流里，全身像刀割一般钻心地痛。水温明显高于岸上，我们便仓皇躲回湖水中取暖，在岸边奋力挥臂游着。这场遭遇战，真是猝不及防，只有与寒水搏斗，拼着老命挥臂蹬腿，一刻不停。

望穿双眼，盼回车主，取来钥匙，急忙打开车门，穿上保暖衣裤。寒冷突然发作，在身上狼追虎逐。我和妻奔跑，跳跃，搓手跺脚。

如此遭遇，给了我寒冷的厚度、高度和深度的体验，而我居然没感冒，真是奇迹！

当天夜里，妻子以检验冬泳成果的名义，把冰冷的脚贴上我的肌肤——这可是久违的亲昵，因为，一接触寒冷，我就会鼻塞、咳嗽，就会闪避，求情告饶。这一次，奇迹出现了，我那火热的胸膛，把妻的双脚从寒冬捂到了暖春。

黑暗中，妻子笑了，很开心，说：好啊，这个冬，我不用半夜起来给你端水拿药了。

我心一颤，恍然大悟：原来，陪我冬泳，是为她自己。这家伙居心叵测。

忠狗

陪我冬泳的，还有我的狗狗——小璐。

水温不冷时，我一跳水，小璐四爪腾空，从我头顶越过，"扑通"一声，插进水里，然后，回转身来，绕着我转圈，昂着头，喷着鼻息，合着我的速度，不离不弃，那神情似乎随时都会扶我一把。开始回游了，小璐偏头看看，确定主人体力游刃有余，才放

心离去。游出一程后，我一呼叫，它迅速转身，奋力向我游来，两眼含着不解和担忧，绕我三匝，不见异常，才丢下我，放心走了，那标准的狗刨泳姿，在湖面划出长长的涟漪。到了岸上，小璐耸身一摇，毛发里的水飞珠溅玉，滴滴洒落，然后，端坐在湖边的枯柳下，向我行注目礼。

数九严寒到了，小璐怕冷，不下水了。我"扑通"一声跳进水里，它随即大叫一声，沿着浅水岸，狂奔起来，一路水花飞溅。到了前面的枯树下，小璐抬眼望我，来回徜徉，迎候。春来了，水温微凉，小璐试探着下水了，被寒水一激，却慌忙爬上岸去，一路狂奔，赶到前面迎候。

小璐的忠诚，感动了泳友们。当初，带它游泳时，有人害怕，央求：你莫带它来嘛！而今，小璐一出现，泳友们就雀跃欢呼。小璐显然被感动了，狐狸精似的献媚讨好，尾巴摇出优美的弧线，身子扭出动人的韵律，冲这个扑一扑，朝那个叫一叫。前面的一跳水，小璐跟着跳，空荡荡的湖面溅起一片欢呼的声浪。

红酥手

冬泳最难熬的时刻其实很短暂，一旦过去，不光有神清气爽的美好时光，还有最幸福、最惬意的时刻，那就是洗热水澡。这时，即使马上黄袍加身，三千佳丽轮番伺候，我也一定毫不犹豫，断然拒绝。

灿烂的浴霸如直射的艳阳当头照耀，多情的莲蓬头喷出滚滚热浪，哗哗的水声简直就是仙乐奏响。经热水猛一刺激，被寒水压迫回流心脏的血液，欢快地涌动起来，在大小动脉、静脉和毛细血管里放纵奔流。浑身上下像是涂抹了柔润的胭脂，红扑扑、红彤彤、红灿灿——这是生命的本色，蓬勃鲜活，岁寒不凋，经严冬熔炉锻炼的精神和意志。

这种体验，不在刺骨的寒水里浸泡，不从万木萧索游进春花烂漫，是无法感知的。

热水澡后，喝一杯家酿的黄橙酒，那就是神仙。

我这张历经半个多世纪丝毫不变的黄色的脸，渐渐红润起来，一双手一直暖和、红润，腰椎、颈椎再也没有疼痛难耐的煎熬。

友人问：冬泳最大收获是什么？

我笑答：红酥手，黄橙酒，五旬腰板三春柳。

城市里的手艺人

祝小兔

　　小时候对手艺人的理解实在不够宽泛。庙会上售卖手工艺品的民间艺人，在街角修鞋的匠人，裁缝店的老师傅，他们一辈子就靠一项技能养家糊口，好像他们的人生从未跟财富关联，起早贪黑，总是辛勤地谋生。那时候太关注五光十色的生活，好像所有的手艺人都显得与时代脱轨。人们更为新产品和新科技着迷，停不下来，渐失初心。很多手艺失传或者不精了，或者被工业化取代，木匠做活儿全凭电锯、电刨子、射钉枪、万能胶。

　　有段时间，我以为手艺人消失了。慢慢观察，我们其实还确确实实活在充满手艺人的世界里，享受他们带来的好。"写作是一门手艺，与其他手艺不同的是，这是一门心灵的手艺，要真心诚意；这是孤独的手艺，必须一意孤行，每个以写作为毕生事业的手艺人，都要经历这一法则的考验，唯有诚惶诚恐，如履薄冰。"这是北岛文章里的一句话，我反复地读着，感受着，也思考什么才是真正的手艺人。

我想，靠着一项技能吃饭的人，也不能完全称作手艺人。即使能掌握相同的技艺，不同的人也会给我们不同的感受。我想，世上无非两种人——商人和手艺人。商人是在出售产品，把手艺当作产品来生产自然不能算。手艺人是专注的，得抛开一切地去钻研技艺。有些手艺讲究的是童子功，要在习艺所里刻苦而单调地磨炼；有些手艺，真的要在经历了岁月后才能真正地感受到其中

的奥妙和精髓。手艺人，内心是以手艺为美的，也将手艺看得至为崇高。

年纪越大，我越知道当个手艺人的好，只用打磨自己，只用做好分内事，无须讨好，无须谄媚，无须看人脸色。古人说，无须黄金万贯，只需一技傍身。做个堂堂正正的手艺人，更理直气壮，心安理得。

在上海认识了一位名叫若谷的手艺人，先是被他手做的酸梅汤打动，没想到有缘认识他和他的手艺故事。"若谷"取自《道德经》"旷兮其若谷"，讲的是胸怀旷达如高山深谷，是一种接纳，是包容。人如其名，用现代的心做传统的事，把传统的物用现代的手法来诠释。

"做肥皂适合我。"那个过程就是一种入定的状态。花3个月的时间来浸泡草药，换来萃取了精华的油脂。花几小时甚至半天时间来搅一锅肥皂，换来45天的等待。45天静静地等待，喃喃地对它们说话，或许是种交代。做肥皂让他的心安定下来，看着它们从油脂被慢慢搅拌、入模、裁切、盖章，最后成为手上的那块肥皂，是它的沉淀也是他自己的。

秋天的时候，我们拿到了若谷的桂花糖露。桂花在秋天盛放，但其实他的桂花糖露前前后后花了整整一年的时间，用时间沉淀，让味道醇厚。对于大自然来说，这不过是一个四季的轮回，但对

于他来说是手艺人的耐心和等待。前一年用古法将桂花秋天的味道保留下来，和以 5 月的青梅与海盐，咸甜交错。桂花需要精心挑拣，去除花托、花梗、树叶、甲虫等，再用海盐进行腌制去除桂花的苦涩，最后与梅子酱混合，使得桂花的甜腻变得柔和，富有层次。最后完成的糖桂花，若谷用一枚朱红色的封蜡封存在透亮的玻璃瓶子里。所有青梅的酸、盐卤的咸、砂糖的甜、桂花的香，都隐匿在了他双手捧着的那方天地里。

　　我去南京的随园书坊拜访设计师朱赢椿老师，他让我觉得手艺人宛如诗人，每件作品都是一首诗。诗就是要有感而发，有话要说，有情要表达，绝不能虚情假意。他说自己像蚂蚁一样忙，却像蜗牛一样慢。他在做的不是用来收藏的珠宝，也不是毫无情感的机器，而是贴近人内心的东西。

　　城市里的手艺人弥足珍贵，因为他们除了要打磨技能，还要对抗浮躁的社会，这一切全靠自己的意念。我不知道自己是否还来得及做一个手艺人，我是如此渴望一门可以与外界交流的手艺。

　　我后来明白，我羡慕的不是手艺本身，而是专注手艺背后带来的宁静，是手艺人细腻优雅的生活方式。

薄情的世界里温情地吃

人是不可以敷衍自己的。尤其是吃饭。

饮酒

一般来说，不懂酒者，无诗；不好酒者，无好诗；不善于在酒中觅得诗魂诗魄者，诗人的想象翅膀，也难以高高飞起。白居易将酒、诗、琴，视作"北窗三友"，可是，在他的诗集中，写琴的诗，其实屈指可数，而写酒的诗，却比比皆是。他的全部诗歌中，至少有五分之一与酒有关。我一直思索，诗人对酒的这份眷恋，这份陶醉，这份念念在兹，这份情有独钟，是否与《旧唐书》称"白居易字乐天，太原人"、《新唐书》称"白居易字乐天，其先盖太原人"的籍贯，有些什么联系？

从古至今，山西是出好酒的省份，所谓"河东桑落酒，三晋多佳醪"。白居易饮过的桑落酒，当代人是很难再有此口福了，但近代中国，山西的酒总是榜上有名。其实我之饮酒，不能满觞，大有苏东坡《题子明诗后》文中所说"吾少年望见酒盏而醉，今亦能三蕉叶矣"的意思。蕉叶，是一种浅底酒杯，容量不大。我就是属于这类愿意喝一点酒，但酒量有限，绝非主力的酒友。可是我很愿意在席间，在桌上，在小酒馆里，在只有一把花生米、一个搪瓷缸子，席地而坐的露天底下，看朋友喝酒，听朋友聊天。尤其喜欢西汉杨恽所作《报孙会宗书》，向往那"酒后耳热，仰天抚缶而呜呜"的激情，期待能够抒发出胸中块垒的热烈场面。

1957年我当了"右派"后，被发配去劳动改造的第一站，就在贯穿豫西北和晋东南的铁路新线工地上。河南这边，山极高、极陡、极荒凉；山西那边，地极干、极旱、极贫瘠。那时，我劳累一天以后，铁路供应站卖的那种散酒，喝上两口，放头大睡，曾经是解乏兼忘掉一切屈辱痛苦的绝妙方剂。

身在晋地而不饮晋酒，心中总有点欠缺的感觉。

到上个世纪的60年代，物资供应渐显匮乏之际，别说未开封的瓶装酒，连散酒也难以为继了。一次偶然的机会，我也记不得是属长治市管，还是归长子县管的两地交界处的一个小镇上，一家已经没有什么货品可卖，只摆放着牙膏、牙刷的供销社里，居然在货柜底下，我发现放着一瓶商标残损的名酒。我倾囊倒箧，连硬币都凑上，将这瓶酒拿到手，对着冬日的太阳，那琼浆玉液的澄澈透明，当时，我的心真是醉了。

而将这天赐良机，不期而得的佳酿，带回工棚，与我那些同吃同住同劳动的工友共享这份快乐时，他们也都喜不自胜。人总是在没有的时候，才体会到有的可贵；人总是失去以后，才知道拥有的价值。那瓶酒，在人们手中传来传去。冬天，晋东南的丘陵地带，夜里干冷干冷，寒号鸟叫得人心发怵，帐篷里尽管生着炉子，也不免寒气逼人。不过，这瓶酒，却经过一只只手握过来，透出温馨，透出暖意，尤其后来打开瓶盖，酒香顷刻间将帐篷塞满，那时，尽管酒未沾唇，我的这些工友就先醉成一片了。

　　说来好笑，当辛酸成为历史，也就不觉其苦涩了。那时，几乎没别的下酒物，你有再多的钱，也买不到任何可吃的东西。有人从炊事班讨来一些老腌咸菜，蔓菁疙瘩，一个个吃得那么香，喝得那么那么美，成为一个相当长时间内回味不尽的话题。

　　不过只是一瓶酒，却能焕发出人们心头的热。

　　他们知道那时的我是"右派"，也知道我曾经是作家，而且因为写什么小说被打下来的。于是有人问，老李，你不是说过好诗如好酒，好酒如好诗吗？你不来上一首？

　　我一愣，我还有诗吗？我灵魂深处还能发掘出来一星半点的诗意吗？

　　尽管我马上想起来白居易的"唯当饮美酒，终日陶陶然"的诗句，可我却"陶陶然"不起来。尽管那倒在杯子里的酒，芬芳扑鼻，馨香无比，其味佳醇，其韵悠远，但那种政治境况下的贱民，唯有愁肠百结，只剩满腹悲怆，哪有诗意存在的空间，真是愧对佳醪，竟一句诗也写不出来。

不过，我倒也并不遗憾，因为在那个年代里，在那个寒冷的冬夜里，那瓶使人们心头熊熊燃起来的好酒，那一张张把我当作朋友的脸，在我的全部记忆中，却是最最难忘的一首最好的诗。

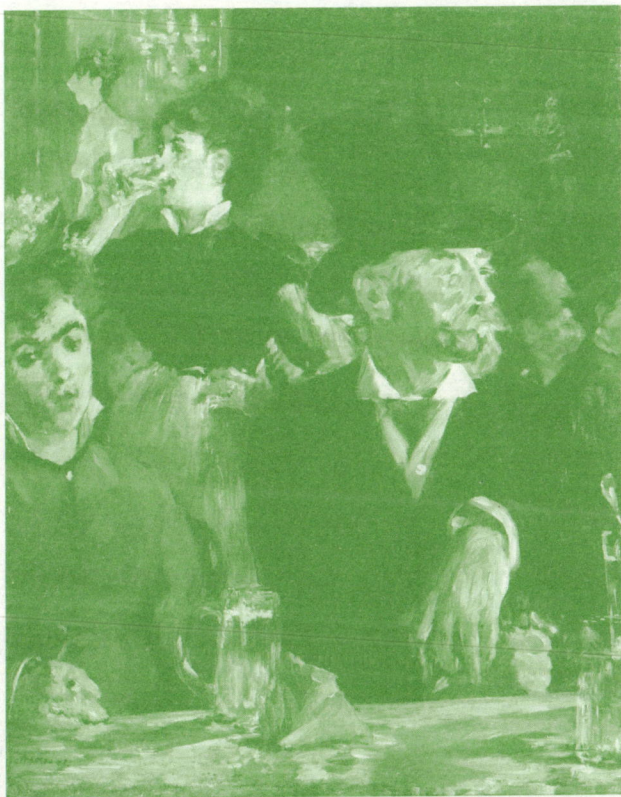

永远欠一顿饭

刘亮程

现在我还不知道那顿没吃饱的晚饭对我今后的人生有多大影响。人是不可以敷衍自己的。尤其是吃饭，这顿没吃饱就是没吃饱，不可能下一顿多吃点就能补偿。没吃饱的这顿饭将作为一种欠缺空在一生里，命运迟早会抓住这个薄弱环节击败我。

那一天我忙了些什么现在一点也记不清了，只记得天黑时又饥又累回到宿舍，胡乱地啃了几口干馕便躺下了。原想休息一会儿出去好好吃顿饭，谁知一躺下便睡了过去，醒来时已经是第二天早晨。

我就这样给自己省了一顿饭钱。这又有什么用呢？即使今天早晨我突然暴富，腰缠千万，我也只能为自己备一顿像样点的早餐，却永远无法回到昨天下午，为那个又饿又累的自己买一盘菜一碗汤面。

　　过去了就是过去了，但这笔欠账永远记在生命中。人们时常埋怨生活，埋怨社会，甚至时代，总认为是这些大环境造成了自己多舛的命运。其实，生活中那些常被忽视的微小东西对人的作用才是最巨大的。

　　你若住在城市的高烟囱下面，那些细小的、肉眼看不见的烟灰煤粒长年累月侵蚀你，落到皮肤上，吸进肺腑里，吃到肠胃中，于是你年纪不大就得了一种病，生出一种怪脾气，见谁都生气，看啥都不顺眼，干啥都不舒服。其实，是你自己不舒服，你比别人多吃了许多煤沫子，所以成了现在这个样子。你怪领导给你穿小鞋，同事对你不尊敬，邻居对你冷眼相看、说三道四。你把这一切最终归罪于社会，怨自己生不逢时，却不知道抬头骂一句：狗日的，烟尘。它影响了你，害了你，你却浑然不觉。

　　人们总喜欢把自己依赖在强大的社会身上，耗费毕生精力向社会索取，而忘记了营造自己的小世界、小环境。其实，得到幸福和满足是非常容易的事情，只要你花一会儿时间，擦净窗玻璃上的尘土，你就会得到一屋子的明媚阳光，享受很多天的心情舒畅。只要稍动点手，填平回家路上的那个小坑，整个一年甚至几年你都会平平安安到家，再不会栽跟头。走在路上尽可以想些高兴的事情，想得入神，而不必担心路不平。

但还是有许许多多的人懂得每顿饭对人生的重要性。我刚来乌市时，有一个月时间，借住在同事的宿舍里，对门的两位女士，也跟我一样，趁朋友不在，借住几天。每天下班后，我都看到她们买回好多新鲜蔬菜，有时还买一条鱼。她们生活的认真劲儿真让我感动，虽然只暂住几天，却几乎买齐了所有作料，瓶瓶罐罐摆了一窗台，把房间和过道扫得干干净净，住到哪儿就把哪儿当成家。而我来乌市都几个月了，还四处漂泊，活得潦倒又潦草。常常用一些简单的饭食糊弄自己，从不知道扫一扫地，把被子叠得整整齐齐，总抱着一种临时的想法在生活：住几天就走，工作几年就离开，爱几个月便分手……一直到生活几十年就离世。

我想，即使我不能把举目无亲的城市认作故土，也至少应该把借住的这房子当成家。生活再匆忙，工作再辛苦，一天也要挤出点时间来，不慌不忙地做顿饭。生活中也许有许多不如意，但我可以做一顿如意的饭菜——为自己。也许我无法改变命运，但随时改善一下生活，总是可以的，只要一顿好饭、一句好话、一个美好的想法便可完全改变人的心情。这件简单易做的事，唾手可得的幸福我都不知道去做，还追求什么大幸福呢？

厨房之舞

虹　影

　　小时家里不仅像囚室，生活更困难，不可能拥有单独的厨房。一个院子 13 户人家有两个厨房：一大一小。我家分在大厨房，与院子后部的人共用。那厨房差不多 28 平方米，炉子一个个并排着，还有三个自搭的小炉子。墙被熏得黑黑的，灶神爷无人烧香，已经面目全非。每家靠柴和煤球烧饭，灶面脏，三合土的地也脏极了。不过厨房是院子里最热闹的地方，东家偷西家的菜、盐、煤，吵一场恶架，肯定免不了，边吵架打架边做饭菜，是常事。

　　多年前我就想：有一天我定要拥有一个真正属于自己的厨房，不必每天蹲在灶坑前煽火，不烧煤球，要想有火，按个键，温暖的火就来了；锅碗筷盘子皆有，鱼鸭鸡肉新鲜蔬菜不可少。这厨房包容了那个脸色苍白的少女的梦想。

多年后，我到了英国，在伦敦郊外，用写书的稿酬拥有了自己的房子。这房子有一个大玻璃房。我自然也拥有了一个自己的厨房：有抽油烟机、洗碗机和微波炉、大小不一的柜子，两个冰箱，应有尽有。厨房非常亮，挂了三幅北欧流行的超现实风格的画，靠窗的地方挂了一个铜框灯，阳光照射进来，灯上的玻璃泛出许多颜色。站在这儿，可望见花园。一回头，正对着的墙上是一个铜铸的老虎面具。

厨房和饭厅本来有一个大窗口相连。入住后第一件事就是把厨房和饭厅隔开，用一块很大的玻璃放在中间，玻璃可移动，直接从厨房里把饭菜递到饭厅，像食堂的厨子通过窗口往外递菜。久看腻之，我嫌别人可在厅里看见我在厨房里面做事。于是，我就放了两个书架，从厅里往厨房里看都是书，我却能通过玻璃看见饭厅的人，既神秘又有偷窥的感觉。

厨房好像是我的闺房，带有"女红"色彩，只有跟我亲密的女友，才让她进来，绝对不喜欢男人到我的厨房里来。唯有我的爱人除外，他偶尔会在我做饭的时候待在厨房里面，一般都是手里拿着书，坐在独凳上，就边看书边跟我说话。

我喜欢做菜，边做边打扫，做完了菜后，厨房总是干干净净。若有客人来，我不会把菜一下子全上来，而是一道一道地上。我喜欢让人不停地吃最新鲜的、带些羞涩的菜。不了解我做菜的客人，都以为马上就快没菜可吃了，他们觉得我真吝啬，就那么一点点。可一会儿，他们的眼光变亮了，心也放平稳了。待我菜上第三道的时候，他们想吃都吃不了了。

我做菜从不放味精，情愿费工夫熬骨头鸡汤做调味，有的菜在下锅前放，有的菜在放油之后，有的菜在炒的时候，一般都不在菜快上盘时放，否则味道不如所斯望的。放盐却很当心，比如炒肉片，在最先搅和淀粉时把盐放在里面，但人说这样肉会非常老，不过稍放点香油在里面，看好火候，肉就不会老。

去朋友家，朋友都会偷个懒，让我做菜。不太熟的朋友，我自己主动请求，希望主人能让我去厨房。看什么料做什么菜，海鲜火锅、烤鸭子、凉拌菜、素炒蔬菜，海鲜火锅也可变成牛肉羊肉火锅，烤鸭子也可变成烤鸡，不是垫黑木耳就是粉丝。

吃不仅仅是充饥，吃是一门高超的艺术。吃的学问太大，保持吃的欲望，吃得好，吃得妙，吃得有文化。有女子为了减肥，喝难喝得要命的减肥苦汤，给我的感觉，就像这人不会享受做一个人的乐趣，也不懂得吃，如此痛苦不堪，又达不到瘦身。可怜的人儿，枉来世上一次了。

记得最愉快的一次吃，是在马德里。就是那家由一个旧火车站改建的玻璃房顶餐厅，有耸入云天的热带植物和花卉。

那天傍晚，华灯初放，英俊的男侍者领我和西班牙的出版家到预先订好的位于二楼的座位。坐下后，我从漂亮的白栏杆望下去，庞大的空间几乎座无虚席，室内温暖如春。

头道菜端上来了：西红柿里放了海鲜。划开完整的西红柿，送一块入嘴奇妙的感受，现在还记忆犹新。西红柿红、酸，那透明，鲜得快滴出水来。盘边用骨头做的盛有粉红色的调料，衬在一片夏天才有的粉花叶上，绝色美艳。吃了一口，便不忍再吃似的，我停下刀叉来，很想知道毫无破口的西红柿，里面的海鲜是怎么放进去的。问侍者，侍者含笑，故意不作回答。我左瞧右瞧却怎么也找不到开口。真是有趣又有点惊喜。

我的出版家有趣地瞧着我，连连道："你喜欢吗？真好。"

在饥饿中活过来的人，对美食总怀着特殊感情。饥饿的体验影响了我的一生。我吃的原则是得健康、重质量、有快感。之所以用"快感"而不用"幸福""快乐"，是想强调与食物相遇那一瞬间的感觉：随心所欲，独一无二。

食物的治愈

那时，我对自己说："每个人生命中，都会有一两次寒冬。"最山穷水尽的时候，我找到了一份工作：钱少得不能提，路远得一塌糊涂。微有阳光、全无暖意的下午，我扣紧羽绒服所有的扣子，穿过四环积雪未融的桥洞去搭公车。

我不记得吃饭这件事，上车踏板的时候，却一个踉跄。车开动了再停下来，我迟钝地看向窗外，看到一块"周记米粉"的招牌，我就下了车。

是临街民居的底楼，要上几步台阶，一进门暖气扑面，满眼郁郁葱葱的绿叶植物。叫了份"招牌米粉"，我连汤都喝尽，热流一点一滴在全身弥漫开来，像一只手轻轻拂过我全身。不够给力，不是一把揽我入怀，但已经够让我有力气去搭长长的一程车。

即使我还一无所有：爱人离开我，事业正低谷，我与世界爱恨交织，不知道是它欠我还是我负它。未来是紧闭着的嘴，我渴望它吐出祝福，又怕会听到诅咒。但，能有一碗热汤粉吃，就是幸福。

活着，只需要阳光、空气、水和食物。不管发生了什么，吃饱了再说。吃饱了才有力气与命运搏斗，只要不饿死，冬天就一定会过完。

食物永远是最好的药物，无论需要医治的是什么。许多年前我看过一部电影，叫《情迷巧克力》，青年佩德罗与一个家庭的小女儿蒂塔相爱，但墨西哥古老风俗与中国某些地方相似，小女儿要留在家中伺候父母百年，之后才能考虑婚嫁。为了能和她在一起——哪怕不能睡在一张床上，至少在饭桌上面对面——佩德罗娶了她的姐姐。

前厅是盛大的婚宴，蒂塔在后厨，一边默默流泪，一边操持佳肴，泪水滴在食物上，奇迹像火星一样爆开：糕饼带着泪之微咸，令所有人记起失落的初恋、错过的那一个人、想不起却放不下的有些事，有人小声饮泣，有人大放悲声；玫瑰花瓣鹌鹑是欲、是念、

是火辣辣的诱惑，引得每一位饕客心和肚肠一起翻江倒海，忍不住要宽衣解带，要颠凤倒鸾；辣椒火鸡让人人都欢笑，四海之内皆兄弟地相拥起舞……而最神奇的，则是她端上来的巧克力饮料，为何如此独特？因为里面有既绝望又满是希望的——爱。

情郎与姐姐都吃到了，读懂了她的心情。柴米油盐是每个人的日常生活，爱情是美食的最重要作料，美味的，不仅是一块饼一碗汤，更是做饭那个人满心满腹说不出的话。

食物是最妥帖的安慰，港剧里面，无论是生死关头、癌症报告单、廉证公署传唤，家人的安慰总是："我给你下个面吃?"抑或："今天煲了糖水，很甜的。"

《大内密探零零发》里，刘嘉玲扮演一位温柔贤淑的妻子，无论周星驰有多落拓、荒唐，被人嘲笑、被人误解，甚至在陌生女子的美色前把握不定，她总是以不变应万变，问他："你肚子饿不饿? 我煮碗面给你吃，好不好?"这里面有女子的谦卑：我是一个一无所有的人，我不是你的知己，我不懂你的宏图大志。但我愿意，以我的方式照顾你的身体，你的一切。这片子我没刻意找过，却经常在清晨或者黎明的各电影频道看到，几千年的英雄志气、发明家的巧思、江湖阴谋与诡计，到最后，敌不过一句温暖的话："我煮碗面给你吃，好不好?"

中国人莫不知道汤有多暖。好像是古龙吧，喜欢把他的大英雄放在菜市场，受尽沧桑、见惯世情，最后隐于街头，成为一个卖甜酒汤圆的小贩；满体刀伤的大英雄，跟跄地找到心爱的女子，也没什么可说，吃一碗生烫腰花而已。

如果没有贤惠的妻，有温存的小馆子也好，有时候，陌生人也能做出贴心的美食。在遥远的国度，有一家后半夜才开张的深夜食堂："一天结束了，在大家都各自赶回家的时候，我的一天才刚刚开始……"老板是寡言的中年男子，一道刀疤正正地跨过他的左眼，像他被一刀两断的过往。他菜谱上只有一道猪肉酱汤定食，但任何食物，只要你说得出来，冰箱里有，他都会尽力给你做出来。他知道：爱吃一道菜，往往是因为爱过一个与这道菜有关的人。那突然更换口味的人，更是心里突然多了一个深不见底的洞，需要安抚。

菜很简单：炸香肠、酱油炒面、厚蛋烧、烧得半熟的鱼子……都是寻常小馆食物。但当他说："那香肠是因为小龙给我的才好吃呢。"我们还是忍不住动容了。你有没有一道最简单的家常菜难以忘记？比如说他曾教过的西红柿炒花菜，或者他带你吃过的鱼头汤。到现在，夜深人静时，谁会带你去吃小馆？

来来去去的客人里，有黑社会性质组织人员，不得志的小演员，上班族，脱衣舞娘……对有些人来说，深夜食堂是他们回家前的最后一站，而对另外一些人来说，他们没有家，只有在这里，感受一点儿人的温暖与热闹。

好在，总有热汤可以暖手，老板偶然说的几句话可以暖心。他们总能在这里找到记忆中的味道，爱人，朋友，甚至离散的家人。长夜虽长，但漫漫人生总比它更长。回家吧，家里有做饭的妻。

食物也能治愈乡愁。汪曾祺写过《落魄》，说到一个女同学病了，他们去看她。有人从黑土洼采来了一大把玉簪花（黑土洼是昆明出产鲜花的地方，花价与青菜价钱差不多），她把花插在一个绿陶瓶里，笑了笑说："如果再有一盘白煮鱼，我这病就生得很像样子了！"她是扬州人。扬州人养病，也像贾府上一样，以"清饿"为主。病好之后，饮食也极清淡。开始动荤腥时，都是吃椒盐白煮鱼。

同学们为了满足她的雅兴和宽慰病中易有的思乡之情，特意去小馆子跟老板商量。终于吃到的女同学，一定笑得很甜。

《红楼梦》里面的贾宝玉，挨过板子后，全家人都在床前嘘寒问暖，宝姐姐专门送去棒疮药，王夫人问他："你想什么吃？回来好给你送的。"宝玉笑道："也倒不想什么吃，倒是那一回做的那小荷叶儿小莲蓬儿的汤还好些。"贾母便一迭声地叫人做去。

果然是三千宠爱在一身，连个孩子的撒娇卖痴都能立刻满足。有这么多人的爱，还有什么伤好不了？

那一碗缠绕着思乡的米线

常荣军

如果将家乡这个概念具体化，除了亲情之外，有些人或许从传统文化、佳山胜水、风土人情的角度去描述。而我，更多地认为，是年幼时代形成的味蕾记忆。

很喜欢宋代诗人陆游《初冬绝句》"鲈肥菰脆调羹美，荞熟油新作饼香。自古达人轻富贵，倒缘乡味忆回乡"中的后两句。也能体会有人讲述的这么一段话的含义：吃本身并不一定重要，附着于那一味之上的记忆才重要。味觉是一把神秘的钥匙，一不小心就开启了一扇通往过去的门。回味就是回忆。

我已驾鹤西去的老父亲，当年，作为刘邓大军中的一名战士，参与淮海战役胜利后即一路向南，云南解放后留在云南，直至离休。所以，我在填写履历表时，籍贯填的是山西，出生地填的是云南。我这个履历表中的山西人，多次去过山西，也回过长治老家两次。而我女儿，填表时也填籍贯山西，出生地云南，但至今没回过老家。对我和女儿来讲，虽然在北京生活的时间最长，但从心里，一直将云南——彩云之南，作为家乡。

而家乡在我的思绪中，有时翻滚着亲情、友情，有的时候，就简化成一碗米线的味道。

米线在云南，既可登大雅之堂，作宴客之用，如"过桥米线"；亦可"飞入寻常百姓家"，成为一道居家和至爱亲朋聚会时常享用的主食或配菜、小吃，如小锅米线、凉拌米线等。"过桥米线"承载着历史文化和仪式感，日常居家的小锅米线、凉拌米线则演绎着随心恣意和酣畅淋漓。米线在云南，既可高大上，亦可小确幸；既可端庄如仪，亦可随喜随缘。在街头巷间、日常居家，民间对吃米线不叫吃，叫"甩一碗米线"。一个"甩"字，将悠长的米线入口的晃晃悠悠及声响表现得如此生猛，象形象声。

从蒙自这一历史古城走向云岭城乡、三迤大地的米线，用大米加工压制而成，因工艺不同，有粗米线、细米线之分，有稍做发酵的酸浆米线和不发酵的干浆米线之分。因储存、运输需要，有新鲜米线、除湿的干米线之分。因烹饪方式和个人口味习惯，有过桥米线、小锅米线、凉拌米线、鸡汤米线、稀豆粉米线之分。米线吃法，花样繁多，吃什么、如何吃，"全恃我性情识见取之"。

我每年不论何事回到昆明，第一件事就是琢磨着，在家里或在外尽快吃一碗其味厚实、其香留齿的米线。就连我那在云南出生，三岁到北京，大学毕业后到美国留学、工作的女儿，回到北京的第一件事，也是到北京的云南风味店家来一碗解馋、解乡情的米线。长长的回乡路，浓浓的思乡情，由细细长长的米线所牵引、缠绕、化解、升腾。一碗米线吃下去，通体舒泰熨帖，一股股家乡的温情油然而生，不绝如缕。米线，是我们家唤醒、慰藉思乡之情的良药秘方。

　　余光中先生《乡愁》一诗云："小时候，乡愁是一枚小小的邮票，我在这头，母亲在那头……"我觉得，乡愁就是一碗米线，只记得当知青时，读大学时，到北京工作时，回家之后，老母亲手煮的那一碗米线。家乡的那一碗，盛的是满满的情怀。那细细长长的米线，是归乡的路。那浓浓的汤，是对家乡化不开的情。那红的、白的、翠的作料，是对家乡五彩缤纷的记忆。那滚烫的口感，是描绘家乡时欲喷口而出的话语……

一坛酱，四十年

关于食物的记忆总是绵长的。

我生在皖北，父母是教师，谈不上厨艺精通，只是把饭菜煮熟，一家人将就吃个温饱。所以，我的童年几乎没有什么食物特别难忘，除了一样东西，那就是酱。

每年暑假，院子里家家户户都要做酱，老家称"捂酱"。酱分两种：在坛子里装着带着汁水的，我们叫"酱豆"，刚出锅的馒头，掰开，中间抹上勺酱豆，热腾腾的奇香。把酱豆捞出来，晒干直接保存，叫"盐豆"，淋上香油，适合拌稀饭。

一般来说，酱被认为是中国人的发明，成汤作醢到今天应该有几千年历史，国人对酱的依赖已经成为民族性格的一部分。关于酱，东方和西方永远谈不拢。西方的酱，果酱也好，蛋黄酱也好，辣椒酱也好，都缺少深度发酵的环节。而中国的酱，如果不生出复杂同时复合的菌群，是得不到一种叫"鲜"的味道的，那是各种氨基酸给味蕾带来的幻觉。

母亲每年都做酱，黄豆煮熟，拌上很多炒面，平铺在大大的竹匾上，一寸来厚，再折来马鞭一样长相的香蒿，洗干净后均匀码放在黄豆上。天很热，三四天，黄豆和蒿子之间便布满了白色的霉菌，像蜘蛛侠弹出来的丝，那是微生物在活动。这时候的黄豆表面已经开始发黏，像日本的纳豆，有些臭，并且有很浓烈的蒿子气息。

准备好盐，生姜切丁，用中药的铁碾子，把辣椒、花椒、八角、香叶碾成粉末，便可以"下酱"了。掯好的豆子被放进一个小水缸，撒一层豆子放一层作料和盐，最后盖上沾了水的纱布阻隔蚊蝇。很快，酱缸里便渗出水。遇到阳光好的日子，再把酱缸里的豆子们集合到竹匾上暴晒，这是为了杀菌。豆子们再回到缸里时，母亲会切一些萝卜片进去，这样，成酱出来时，萝卜甚至比酱还受欢迎。

今天我们烹饪也常用酱，比如麻婆豆腐必须有郫县豆瓣，东北的蘸酱菜要用大酱。但现在的酱更多是菜肴的调味料，而我童年时代的酱豆，就是菜的本尊。主妇要想尽办法给全家人"下饭"，酱是很好的选择。我童年的餐桌上，常年都有酱豆的"合理存在"——菜少的时候，它是主食伴侣；菜稍微多几样，父母仍然会把筷箸首先指向它……

我的英语老师张素云来自皖北比较富庶的一个县，因此，她做酱的方法也和我们当地不同——酱坯不用黄豆，而是用新收下的蚕豆。她做的豆瓣酱真好吃啊！蚕豆肉厚，含到嘴里却很快就能融掉，更重要的，和我母亲掺萝卜片不同，张家的豆瓣酱放的是西瓜，当时我觉得，真奢侈啊，居然舍得用西瓜，每一口都有丝丝的回甜。如果运气好，还能吃到小块的西瓜，纤维组织还在，却浸满了酱的鲜香，充盈在口腔和鼻腔。

因为搬家，我之后再没有吃过张老师的西瓜酱，这种用水果入酱的工艺，对我来说也成了永远的谜。尽管回老家时，我仍然会尝试着寻找一小碟酱豆，却总也找不到张家西瓜酱当年带给我的那种味觉冲击。

去年，《舌尖上的中国2》分集导演邓洁结束在淮海地区的田野调查回京，放映调研小片的时候，屏幕上出现一位菏泽老太太，正在自己家里做"酱豆"，而且，就是西瓜酱！这段影像填补了我多年的知识空白，原来西瓜酱是这么做的。看到那位姥姥用泥巴糊上坛子口，期盼着自己的儿女们回家，我的听觉瞬间关闭了，一切仿佛回到了从前那个夏天，记忆在我胸腔里发酵，感情的菌丝也攀援在我的脑际：飘满奇异味道的校园，清贫寂寞的暑假，父母的操劳，少年对食物的渴望……

关于食物的记忆总是绵长的。很多朋友在《舌尖2》里看到了西瓜酱这个段落，那坛酱，姥姥大约用了不到两个星期就能做好。而对我来说，酝酿和发酵这一切，用了将近40年。

远路上的新疆饭

刘亮程

一

有一年，我们开车去阿勒泰。原打算在黄沙梁吃午饭，那里的路边有几家卖拌面和大盘鸡的野店。所谓野店，就是前后不着村，饭馆的矮房子淹没在路边野草中，四周是沙梁起伏的荒漠。南来北往的人，行到这里早都饿了，都会停车吃饭。我们却没饿，行车到半中午时，见路边一片瓜地，便沿便道开车到瓜地边，想买个西瓜解渴，却找不到看瓜人，只好自己摘了吃，吃饱了在瓜皮下压了一块钱，算是付费。这顿西瓜把我们的午饭耽搁了，到黄沙梁的野店时，都饱着，就说再往前赶，结果一直赶到了黄昏，车里人饥肠辘辘，这时候的大漠落日，就像挂在天边永远吃不到嘴的圆馕。司机说，这段路上再不会有饭馆，也不会有西瓜地。我们穿过沙漠腹地已经到了更加干旱荒凉的阿尔泰山前戈壁。

这时，荒无人烟的路边突然冒出一间矮土房子，土墙上歪歪扭扭写着"沙湾大盘鸡"。赶紧刹车拐进去，车停在院子里。店里只一张桌子，七八个板凳。女店主的表情也跟戈壁滩一样漠然，不冷不热地说一句"你来了"，那语气像是认得你。她提着大茶壶，给每人倒一碗茶，那茶仿佛泡了一天，跟外面的黄昏一般浓酽。

忐忑地要了一个大盘鸡，问多久炒好。说快得很，一阵阵。果然喝几碗茶工夫，做好的大盘鸡端上来了，那盘子占了大半个桌子，鸡块、土豆块、辣子满满堆了一大盘。四双筷子齐刷刷伸过去，没人说一句话，嘴全忙着啃鸡，忙着吃里面的皮带面。太阳什么时候落山的都不知道，小店里渐渐暗下来时，我们才从贪吃中抬起头来，彼此看看，谁学着女店主的腔冷冷地说了句"你来了"，大家都笑起来。

一顿荒远的晚饭，就这样长久地留在了回味里。

二

大盘鸡是我家乡沙湾发明的一道大菜，说是菜，其实也是饭。新疆饮食大多饭菜不分，拌面、抓饭、手抓肉都是饭里有菜，菜饭合一。大盘鸡也一样，主菜鸡，配料辣子、洋芋、葱姜蒜，外加特制皮带面，搅拌在一起，结实耐饿，适合在路途中吃，也方便在偏远路边店炒制。

　　大盘鸡发明那些年，我在沙湾城郊乡农机站当管理员，常被拖拉机驾驶员拽去吃大盘鸡，那些跑远路的司机吃遍天山南北，还是觉得大盘鸡好吃。好在哪儿，可能就是盘子大，可以放开吃。不像那些小碟子小碗的吃法，都不好意思下筷子。那时大小酒桌上的主菜都是大盘鸡。一大盘子鸡肉摆在面前，红辣皮子青辣椒，白葱绿芹黄土豆，满满当当堆一盘，能让人胃口大开，平添大吃大喝的豪气来。

　　沙湾大盘鸡在上世纪 90 年代沿公路传到全疆各地。

　　在新疆，最方便在野外吃的还有手抓羊肉，一锅水，一只羊，煮熟了吃，做起来比大盘鸡还简单。

　　一次我们到伊犁军马场去游玩，中午约在山谷里一户哈萨克牧民毡房吃煮羊肉。到了毡房，牧民说羊去后山吃草了，主人骑马

去驮羊，结果一去半天。到太阳西斜，羊驮来了。招待我们的人说，羊远得很，山路也不好走。我们看着主人宰羊、剥皮，肉放进石头支起的大铁锅里，松树枝在炉膛慢慢烧着，我们耐心地等。

跟我们一起等待的还有盘旋天空的一群老鹰，鹰一直追踪到毡房前，看着羊宰了，煮进锅里，它们等着吃骨头。几只牧羊犬也等着吃骨头。

羊肉煮熟端上来时天已经黑了，堆成小山的一盘肉里，仿佛已经煮入了牧民上山驮羊的时间、羊在山上吃草的时间、鹰在天空盘旋的时间，以及我们饥饿等待的时间。

那一餐，我们一直吃到半夜，肉吃了一块又一块，每人面前都堆了一堆羊骨头。酒也喝掉一瓶又一瓶，都没有醉的意思。仿佛我们等了大半天的饥饿，要用大半夜才能吃喝回来。

三

我的朋友刘湘晨说过他最难忘的一顿饭。

那年他在塔什库尔干拍纪录片，要下山买摄像机电池，站在村口等车，等到快中午，路上连个车影子都没有。就在这时，山坡上说说笑笑来了五个姑娘，在路边的平地上支起帐篷，用石头垒起一个炉灶，放上铁锅，便开始架火烧饭。我的朋友不知道姑娘们给谁做饭，也不便过去问，就老老实实坐在路边等。等得快睡着了，过来一个姑娘喊他，让过去吃饭。姑娘说，我们在村里看见你在这里等车，今天不一定会过来车，明天后天也不一定有车过来，我们给你搭了帐篷，做了饭，你住下慢慢等。

我的朋友早已领略了塔吉克人的热情好客，但这样的奇遇还是第一次。他感激地吃完姑娘们做的清炖羊肉，正打算在帐篷里住下，远远看见一辆运货的卡车开来。他多么不希望这辆车过来，最好明天后天也不要有车来。

他可能是塔什库尔干最幸福的路人了。

同样的幸福经历我也遇到过。那次我们驾车去和不克赛尔蒙古自治县牛石头草原探路，那是一处远离县城的高山湿地夏牧场，没有正规道路，汽车走的都是羊道。一百多公里的路，走了四个多小时。大中午时，一行人进到一户牧民毡房，男人放羊去了。我们给女主人说，能否给做点吃的，我们付钱。

女主人热情地招呼我们上炕坐下，很麻利地铺上一块白色单子，把烤馕和小油饼放在上面，沏上烧好的奶茶，让我们品尝。然后，女主人架着外面的炉子，开始煮风干牛肉。

那顿肉我们吃得很仔细，肉被风吹干，再煮熟，还是干硬的，只有小块地咀嚼，肉里有风的悠长干燥，有草从青长到黄的香，有石头的咸，有松枝烧柴的火气。一大盘子牛肉，细嚼慢咽地全吃光了。

临走时问主人需要多少钱。

"不要钱。"蒙古族阿妈说。

同行的朋友掏出500元钱硬塞给阿妈。阿妈扭不过，就收下了。然后，她俏皮地笑着，一人一张把500元钱塞给了我们一行五人。

像是塞给她的五个孩子。

……

进到新疆的大小饭馆，主人先倒一碗烫茶，再问你吃啥。一个不产茶的地方，竟然免费给客人喝茶。

那几年我常坐在路边饭馆喝茶，道路坑坑洼洼，汽车远去后，扬起的尘土缓缓落下来，像岁月一样，落在身上头上，我不管不顾地坐着。那时我年轻迷茫，看着远去的汽车会莫名伤感，仿佛什么被带走了，让我变得空空荡荡，又满眼惆怅。

多少年后我还喜欢在路边的小饭店吃饭，望着往来车辆，想找到年轻时的那份忧伤。我二十多岁时，在尘土飞扬的路边，想望见四十岁、五十岁的自己，到底走到了哪里。如今我年近六十岁，知道已走在人生的远路上，此时回头，看见二十岁的自己还在那里，我在他远远的注视里，没有迷路，没有走失。

薄情的世界里温情地吃

指间沙

上海这样的市民社会，特别适合滋生小说。惊心动魄与飞短流长，都在细细密密的世俗日子里。繁华着锦也好，因陋就简也好，既然是世情，就免不了坐人家家里吃顿饭。

程耳导演的电影《罗曼蒂克消亡史》中，有一场重头戏是围桌家宴，演葛优姨太太老五的钟欣潼说："那顿饭我们厨师煮得好好吃。"好吃到什么程度？拍完这场戏，浅野忠信设计了件 T 恤送大家，图案就是那桌饭，虽然他听不懂饭桌上的话。

在这部电影以及同名小说里，他们总在吃喝，但具体吃什么却模糊。程耳的小说是对逝去的旧上海的想象，而确凿在其间生活过的女作家笔下，关照的是更真实的生活。

苏青在自传体小说《结婚十年》里泼辣地写"小家庭的咒

诅"，初来上海的太太连煤球炉子尚烧不好呢，先生就要她在家做一桌菜宴请同学。

对这场家宴，先生胸有成竹，指挥若定："四个冷盘，一是花生米，一是叉烧，一是皮蛋，一是葱烤鲫鱼。另外做四碗热菜，荷包蛋、炸排骨、拖黄鱼、炒杂件。吃饭时再来一碗汤，也就完了。"听起来挺容易的，更何况还有用人帮手，但家宴还是做得鸡飞狗跳。

并不是所有女子操持家务都能做到精打细算、游刃有余的，越是生怕丢脸，就越手忙脚乱。苏青在小说里抱怨道："我是不会治家的，招待不来客人"，"什么小家庭生活简直是磨折死人！"这是场失败的家宴。

张爱玲小说《花凋》写到富裕人家的家宴。那是中秋节，郑家请单身在沪的章云藩来吃晚饭。家宴菜色并没写全，但可以看出档次不低：桌子上撤下鱼翅，换上一味神仙鸭子。郑夫人吩咐："川嫦给章先生舀点炒虾仁。"而她自己舀了一匙子奶油菜花尝了尝，蹙眉道："太腻了，还是替我下碗面来吧。有蹄子，就是蹄子面吧。"这还是场失败的家宴。

吃得华靡吗？当然。然而张爱玲在《自己的文章》里表露："我喜欢素朴，可是我只能从描写现代人的机智与装饰中去衬出人生的素朴的底子，因此我的文章容易被人看作过于华靡。"这餐家

宴激不起食的欲望，连美食都激发不出人之存在感，活在这样的家庭里的川嫦怨怨地夭亡。

王安忆写上海家庭的菜，倒常有一种"饭饱醉人"的酣畅，欲望妥妥帖帖落了胃。

《长恨歌》简直不厌其烦地描写上海人家的吃食，在请人来家里吃饭的往来间展开故事。严家师母让张妈煮莲心汤，蟹粉小笼是外面买回来的。中午留客吃饭，就让张妈烧八珍鸭，那是过年时才吃的菜，比较隆重显诚意。

而王琦瑶请严家师母和毛毛娘舅到家里吃饭，"事先买好一只鸡，片下鸡脯肉留着热炒，然后半只炖汤，半只白斩，再做一个盐水虾，剥几个皮蛋，红烧烤麸，算四个冷盘。热菜是鸡片、葱烤鲫鱼、芹菜豆腐干、蛏子炒蛋。老实本分，又清爽可口的菜，没有一点要盖过严家师母的意思，也没有一点怠慢的意思"。请客主人的体贴细致，全在这一桌家宴小菜中。

做菜时，王琦瑶流了泪，"多少日的清锅冷灶，今天终于热气腾腾，活过来似的。煤炉上炖着鸡汤，她另点了只火油炉炒菜，油锅哔剥响着，也是活过来的声音"。

吃菜的时候喝温了的黄酒，酒菜差不多了，盛半碗饭，上汤。撤桌后还要摆上瓜子，添了热茶，将水果削皮切片，递上自家精制的酒酿小圆子。从头到尾，这才是上海人家里完整的一次像样宴请。

薄情的世界里温情地吃着，这些吃食酝酿于弄堂新里间，"在炉上发出细碎的声音和细碎的香味，将那世界的缝隙都填满"。

40 年前的聪颖，怀着一股 40 年后的聪颖所不具有的体贴。老了的王琦瑶请老克腊等来家吃饭，说了几种"如今看不到的菜"："比如印尼的椰子鸡，就因如今买不到椰酱，就不能做这样的鸡。还有广东叉烧，如今也没得叉烧粉卖，就又做不了。再就是法式鹅肝肠，越南的鱼露……" 40 年前的餐桌，像个联合国，东西南北中的风景都可以看到，但风景总归是风景，要紧的是窗户里头的才是过日子的根本。

真是可惜，王琦瑶要能再多活几年，一定会与广东叉烧、椰子鸡重逢。但是，再活过来的上海，弄堂成批成批在消逝，新的一代上海主妇端出来的还会是葱烤鲫鱼吗？

应该是不会了。

和于是之们啜酒的日子

陈建功

先认识了刘厚明、蓝荫海，后认识了朱旭，随后又认识了林兆华、吴桂苓、吕中……后来就认识于是之了。想想在自己徘徊于文艺之门的时候，居然一下子认识了那么多北京人艺的艺术家，不由得暗自庆幸。

创作生涯的启蒙

我是在刘厚明和蓝荫海到京西煤矿体验生活时结识他们的，大约在 1974 年。其时我正好在京西木城涧煤矿做工，还是矿山的业余作者。他们两位提出请我也来参加写作，我当然喜出望外。

这次跟着厚明和老蓝写话剧，其实就是我创作生涯的启蒙。厚明那时已是著名的剧作家和儿童文学作家，老蓝是演员出身，有着丰富的舞台经验。作为旁观者，我时而为厚明的才情所惊异，时而又为老蓝的经验所叹服。

当然我受到的教诲和启迪远不止这些。比如是他们使我懂得了如何运用戏剧性的推进来昭示人物的心灵和性格，使我懂得了如何运用氛围的营造来烘托艺术形象……更多的，是看似闲言碎语，却深藏艺术妙想的东西。

比如老蓝给我回忆起周总理怎么到人艺的宿舍看望艺术家，怎么到人艺看演出，回忆起人艺的门卫怎么也要到《茶馆》里当当群众演员，"票"上一场……尽管直到那时候，除了当时上演的《云泉战歌》，我没看过更多人艺的演出，但人艺的传统、辉煌以及艺术家独特的个性，几乎让刘厚明、蓝荫海给我熏得如醉如痴。

朱旭的"酒精炉"

之后又迎来一个朱旭。他高高的个子，微驼着背，说话有些结巴，走到大街上谁也不会认为他是一个大艺术家。

朱旭是当时的院领导为了加强我们创作组的力量派来的。在没戏演的时候，他乐得来到我们的创作集体，同时，他也乐得来到矿山看看。

我见到他时，他已经入住木城涧煤矿的招待所了。他性格风趣，为人谦和，我们之间的第一个话题，竟然由吃而起。我记得他似乎有一点儿胃病，于是说，矿区食堂如果吃不惯，可以找他们特别关照一下。朱旭忙不迭地说"不用，不用"，说着弯腰从包里拿出一个小小的"酒精炉"。这"酒精炉"真是令我眼界大开：是用那个时代装135胶卷的铝皮盒子做成的，直径20到30公分，高不过50公分。他说必要的时候，用它煮一碗挂面绝对可以应付。

他之兴致勃勃使我想起了老蓝给我讲过的一段话，他说有的人在台下像一个冠盖寰宇的艺术家，到了台上却毫无光彩，而真正伟大的艺术家在台下绝对素朴而随和，只有到了台上才光芒万丈。朱旭重上舞台和银幕时我才看到了他的表演，沉浸在他所塑造的形象里，我总是久久难以自拔。回味他所展示的艺术才华，我总是不由自主地想起30年前木城涧矿区招待所里那次关于"酒精炉"的谈话，对于真正的艺术大师而言，伟大的艺术和素朴的人格，从来就是如此水乳交融。

与刁光覃斗室同住

使我得出这一结论的不仅是朱旭。比如已故的艺术家刁光覃，我居然和他在一间斗室里度过了一个晚上。

那时候我们的剧本已经开始进入写作阶段，我初到人艺，被安排在剧场东侧的一间小屋里暂住。那间小屋里只放着两张床，我睡到半夜的时候，忽听门响，随即灯亮了，进来的是刁光覃。他不认识我，我却认得他。见我醒了，他一个劲儿道歉，说是因为太晚了，回不了家，来此暂住一晚。第二天我才知道，是因为剧院没有腾出空房，让我到刁光覃休息的房间里暂住一晚，其实是我占了人家的房子。我自我介绍一番，又告诉老先生其实我和他的儿子刁小林是同学。话题便由此开始，也不知聊到了什么时候，也不知是谁先睡着了。

第二天我醒来，刁光覃已经不见了。我相信他离开时一定是轻手轻脚的，生怕打搅了我这个来自边远矿区的业余作者。此后我们曾在人艺的食堂里遇见过，他已经记不得我的名字了，乐呵呵地说："小林的同学啊！"慈祥得像邻家的大伯。

在于是之家把酒狂欢

和于是之的交往就稍微深入一些了，那时候和我一起挖煤的工友严燕生已经调入人艺做了演员。燕生谦虚好学，初入人艺知道自己的不足，就很注意找前辈求教，每次午餐，总是端着饭菜找住在剧院里的于是之闲聊。当时我也住在剧院里写剧本，就被他拉了去。

是之好饮，量不大，每次吃饭都要喝一杯枸杞酒。是之家临窗的桌下有好几个大大的酒坛子，里面泡的枸杞。是之总是自己先倒上一杯，随即告诉我们：酒，不名贵，就是二锅头，喜欢的，自己倒，不妨也喝一杯。于是我们便不客气，自己找了杯子，各取所需。往后，无须他说，自己便倒了，再往后，到是之那儿"共进午餐"是越来越勤了。

我离开人艺几年后，有一次到人艺去找严燕生，赶上午餐时间，居然他还在是之那里啜酒，一起喝的，还有锦云、王梓夫。

1976 年 10 月，我们终于把郁郁地啜酒变成了把酒狂欢。我和人艺的艺术家们一起走上街头，喊着口号，欢呼粉碎"四人帮"的胜利，我也曾和他们一道，出席天安门广场的欢庆大会。那时的人艺，人人欢欣鼓舞，家家喜上眉梢，仿佛天天沉浸在节庆的喜悦之中。我印象最为深刻的，是在三楼小礼堂举行的诗歌朗诵会，因为那里曾经是周总理、邓大姐和人艺的艺术家们共唱《洪湖水浪打浪》的地方。那次朗诵会，使我又一次沉浸在艺术家深情的缅怀和豪迈的前瞻里。

跟早餐有个亲密约会

蔡敏乐

影视作品里时常有这样的场景：女主早起奔去厨房，精心地烹制着营养美味的早餐，摆满了一桌子，满脸雀跃地期待男主品尝夸赞，孰料，对方从卧室里衣着光鲜地走出来，要么漠视餐桌，拿着公文包，冷着脸离开；要么漫不经心地坐在桌前，不耐烦地用筷头来回挑拣，几下之后就推碗离座，背影写满了敷衍。但凡见到这样的套路，我们就会笃定地预见："他们的感情已经亮起了红灯。"因为连饱含绵长情意的早餐都可以辜负，还有什么是不能辜负的呢？

想念母亲时，常会浮现出儿时她清早在灶台边忙碌的身影，雾气缭绕中，她的面容模糊，周身却沾满食物香浓的味道。那是她几十年如一日为我们铁锅煮早饭的画面，光滑的蛋、黏稠的米汤、软糯的豆粥或有嚼劲的干米饭，随我们喜好选择，再配上园子里应

季的蔬菜，每一顿热乎乎的早餐都让人胃口大开。

那时的生活，好像从来没有出现过什么大不了的困难，因为母亲从来没有让一顿早饭缺席，哪怕是遭遇悲伤抑或痛苦，生活的节奏都牢牢把控在母亲手里。清早，一家人围坐在一起，说说话，吃吃饭，心里就没那么慌，可以元气十足地出门，去往各自目的地。早餐是我对家最原始最单纯的依恋。

离家在外的日子，时间成了肆意蹂躏的玩具，熬夜成了习惯，早餐常和午饭合并，还美其名曰节约粮食。只是偶尔，在睡梦中被饿醒，头痛欲裂地看着脏乱的房间、颓废的自己，有种生不如死的自厌感。有一次，又是奋战到深夜，迷迷瞪瞪地与几个朋友挥手告别，只想一头扎进软绵绵的床里，立即睡死方是解脱，没料到，同行中的他一把拉住我，邀我去吃早餐。那是我第一次注意到凌晨 3 点的星光有多璀璨，早餐也简单，只有红豆粥、酱牛肉土豆、辣渍苏叶，但至今在记忆中仍美味得异常，念念不忘。

与你一起喝酒、吃夜宵的人也许有很多，或暧昧、无聊或求醉，但特意陪你一起吃早餐的人肯定不多，所以每一位都值得珍惜。漫漫长夜被思念煎熬，肠胃空荡荡如荒野，好不容易等天光云影出现，迫不及待地相见。每天和相爱的人一起吃早餐，是多么浪漫又温暖的事情啊。

母亲常念叨说晚上要吃得如乞丐，早上要吃得像国王。以前不以为然，因为不准备早餐，早上总是难逃兵荒马乱的状况，饥肠辘辘地跑出门去，如一只落魄的丧家之犬，而成家之后，懂得"一天之计在于晨"的意义，开始把早餐当成一件神圣又慎重的仪式，每吃一顿早餐都是在向新一天吹响宣战的号角。

要早起，有时是西式的三明治、水果拼盘，有时是日式紫菜包饭、摊鸡蛋、海鲜汤，更多的是中式肉包、谷粥、蛋饼、拌菜。总之，只要用心，每一天打开这个世界的方式都可以不一样，充满新鲜感。因为早起，做饭之余，还能浇花、拖地、做瑜伽、整理物品，吃好穿妥后出门，崭新的一天就成功了一半。

单位有几个年轻的小同事住宿舍，从不吃早餐，我想，等她们有了爱人或孩子，自然会领悟到早餐的重要性。有两位要退休的独居老同事，孩子不在身边，想着一个人何苦要浪费时间去做饭，两人约着一起吃代餐减肥，还在朋友圈里打卡。替她们委屈，就因为是一个人，更应该要好好地爱护自己，不是吗？好好睡觉，好好吃饭，贴近人间烟火才是尊重生活吧。

新房装修好有一段时间了，常抽空去开窗放味，却依然觉得有些陌生，没有归宿感，直到，在厨房里做了一顿丰盛的早餐，立刻找到家的感觉了。

简单生活的仪式

张国立

试着过尽量简单的生活，发现其实不简单，不过从中养成的仪式，倒是挺有种以前不曾有的满足感。

先说喝咖啡，放弃美式咖啡机，买了手磨的磨豆机，经过实验，磨三次的粉最适合冲泡式，于是每天下午一边烧水一边磨豆，配上爵士乐最佳。接着温杯，以长嘴壶慢慢倒进咖啡粉的滤纸。过程中闻到三种味道，一是咖啡豆略带焦的香味，二是刚烧开的热水的水味，三是冲进热水时随蒸气上升的新鲜咖啡味。

捧着杯子往窗前一坐，不看书，不看电视，放空大脑，开始享受仪式的结果，这时……

"又发呆，我的呢？"

喔，老婆怎么刚好进门。我……算了，放下杯子再去仪式一番。

完成第二杯，老婆满意："你冲的咖啡有进步喔。"

嗯，谢谢她夸奖，不过我这杯已经凉了。

再说交通工具，从开车演变为能走路绝不骑车，能骑车绝不搭车，能搭捷运绝不自己开车。走路逐渐成为一种享受与运动，当然也有其仪式。戴好耳机，摇滚、雷鬼、RAP皆行。挑大路，走人行道慢慢增速，5分钟后得走到感觉得出心跳，冬天也得30分钟内冒汗，走到50分钟，筋骨舒畅。然后放慢速度，准时抵达目的地。

因为有一小时走路的思考期，抵达后无论动脑开会或喝酒，都行云流水，大家开心。

有些时候例外，当我心旷神怡走到电影院前，坐巴士去的老婆手拿电影票绷着脸问："你到底要看电影还是走路？"

明白，我晚到了5分钟，她只好先买票。下回提早一点出门。凡是让女人不得不先掏钱包的事，必然引发后续长串的修复工作。

每周至少做饭一次，去菜场买豆干、牛肉丝、青菜，和豆干西施谈昨天看的电影，转头与牛肉摊的性感老板娘说说北海道的大雪。回到家，泡好青菜与豆干，给牛肉丝上点糖、盐、酒、酱油。前半段仪式完成，该是喝咖啡的时间。

傍晚切豆干丝，得切得细，切得直，和牛肉丝、辣椒丝一炒，一分钟起锅，这时也得有音乐，最好交响乐，振奋士气。

至于高丽菜，试过许多种炒法，用澎湖五味酱炒的滋味较丰富，五味酱是五种海产酿成的酱，带着海味。用虾米也不错，单纯。

最后蒸条鱼，不能忘记葱姜……既进厨房，当然工作绝不忘配杯酒，洋人的红酒好，老中的白酒不差，大不了配做菜的料酒。大丈夫能屈能伸。

一切妥当，无巧不巧老婆进来，她说："你蒸了鱼对不对，好香。"

她说："太棒了，有豆干肉丝。"

她环视厨房一圈，追加一句："又喝酒！厨房被你搞得乱七八糟！"

对，得清厨台、刷锅、拖地，听电锅发出"我煮好啰"的呼唤。

再说到音乐，外甥送的蓝牙喇叭箱、女儿下载的网络音乐，选择多又方便，但和我的仪式不符，你们说，爵士乐怎么能用数位音响听？古典乐若不从两只大喇叭放出来，像音乐吗？

手机不如 MP3，MP3 不如 CD，CD 不如黑胶，黑胶不如现场演奏——咳咳，我老婆弹的钢琴例外。

连续几个月有空便跑二手店，勉强组装有点符合仪式模样的音响。黑胶太贵，CD 能将就。

吃饭时不宜看电视，适合来点背景音乐，像老婆谈她一天的心情，像女儿说她愤怒的办公室文化，像我说——做男人还是少开口为妙。这又是另一种仪式，从把女朋友当恋人、把老婆当情人、把结婚很多年后的老婆当女儿、把结婚更多年的老婆当亲人，这时男人彻底明白，女人不需要我们对她们买衣服买包的意见，不在意我们搞多少仪式，只要不该开口时好好当个听众，也就世界大同。

男人的简单生活，除了养成的仪式，也养成生活的节奏，工作之外，该放慢速度享受细节，坐高铁无法欣赏窗外风景，有谁搭飞机出国是为了看天空？

最近简单生活弥漫于四周，詹宏志烧的牛肉在台北早是传奇，王伟忠老婆小慧的茄子最下饭，导演林正盛老说要请我吃他做的焢肉，朋友阿坚上山下海全在自行车坐垫上，金山两名雕塑家下海抓鱼以免晚饭没菜，那就更不用说马可养的鸡和那群鸡生的双黄蛋了。

回到小乖的名言："生活固然艰苦，生活质量绝不能降低。"

对不起，只能写到这儿，老婆快进门了……千万记得，简单生活是享受，但不能以简单心情对待老婆，你们都晓得，女人爱复杂——

老婆好，欢迎回家，我马上拖地。

咸味南下，甜食北上

黑　麦　印柏同

　　我们时常谈起八大菜系，但却不知道如何归类点心。于年夜饭而言，点心不可"喧宾夺主"，仿佛又不可或缺，它见证着临近除夕前厨房里的油炸烹炒，直至元宵节时的最后一碗冒着热气的汤圆，默默地贯穿整个新年；它也会出现在待客的茶水果盘边，以及孩子们饿着肚子等着开饭却又耐不住诱惑的每个时刻。

　　作为一个在北京生活了几十年有余的南方人，周作人在写于20世纪50年代的《知堂集外文·四九年以后》里，为南北方的点心下了一句经典的注解——北方的点心是常食的性质，南方的则是闲食。这里的常食是指可以作为主食之用，而闲食是指当作小吃、零嘴。

　　民国时期的北京，是被"饽饽铺"统领的时代，200余个"主食干粮"（饽饽铺的蒙古语原译），是北京人关于甜味最初的记忆。金匾大字，照人眼目，考究的装潢给人一种高高在上之感。据王世襄回忆，在他小时候，糕点都放在朱漆木箱内，距柜台有一两丈远，只能"隔山买牛"说出名称，任凭店伙计去取，如若不懂，吃到什么只靠运气；刚来北京的人，则一定要有熟人带着一一介绍。不过彼时点心的口碑，也是如此传递出去的。

不少北京人觉得点心无非是些"满人的干粮"，甜不当饱，咸能顶饿，是当时老百姓的吃喝逻辑。梁实秋曾在《雅舍谈吃》中说："说良心话，北平饼饵让人怀念的实在不多，有人艳称北平的'八大件''小八件'，实在令人难以苟同。"周作人更是直言"我在北京彷徨了十年，终未曾吃到好点心"。足以看出，在老北京住过的文人名客，似乎对老北京的点心并不"买账"。让他们真正动容的，多是出自民间的回民小吃，糖耳朵、焦圈、驴打滚儿，买上几个不在话下。

出生在北京的梁实秋从小就对冰糖葫芦有所研究，据他回忆，北京的冰糖葫芦分三种：一种用麦芽糖，北京话也叫糖稀；一种是蘸糖霜，另有风味；还有一种是由冰糖熬制的，可谓正宗，薄薄的一层糖晶，透明且亮。材料种类也甚多，秋海棠、山药、山药豆、葡萄，都能串在上面。

买法也有意思。唐鲁孙在他的书中描述，那时糖葫芦有两种买法，一种是摆摊子的，冬夏偶尔还卖果子、蜜饯；另一种是提着篮子下街的，串着胡同叫喝，怀里还藏着个签筒子，碰上好赌的买主儿，找个树荫下，抽一筒或半筒的真假五儿，赌赌九牌，有时一串没卖，也能赚个块儿八毛。

北京的稻香村是在清光绪二十一年（1895）开门的，当时生产的是一水儿的南味食品，1926年店铺被迫关张，直到1984年初才复业，足见在半个多世纪的时间里，甜味对于北方是一种多么稀有的味道。

再看南方。苏州的点心历来贯通四海，到宋代时候，炙、烙、炸、蒸，已是常见的烹制手法，等到了明清，市巷中已满是枣泥麻饼、巧果、松花饼、盘香饼、马蹄糕、蜂糕、乌米糕等。乾隆皇帝屡次下江南，曾命苏州的点心师举家迁入宫中，为"苏造一员"，烹制糕点。清人袁枚在《随园食单》的"点心单"一项中写："梁昭明太子以点心为小食，郑傪嫂劝叔且点心，由来旧矣。作点心单。"

卖糖行当自民国初年已在广州兴起。当时的糖水店大多设在大街小巷，售卖的是绿豆沙、芝麻糊、杏仁茶等以家常食材制作的传统糖水。20世纪20年代末，广州街头的糖水店发展迎来兴旺，广式糖水的花样品种也更为丰富，奶制品类更是成为当中的时尚代表，如双皮奶、窝蛋奶、炖奶等深受食客欢迎。

南方很早就有咸味点心，只是售得不如北方好，但如果把叉烧酥、香芋酥这类甜食小吃都列入其中的话，便可发现种类之繁多，可以大胜北方的牛舌饼，但牛舌饼终究统治着北方过年时的点心匣子。

甜味北上的最好例子是汤圆，也作元宵，两广和香港人打年三十之前就开了小灶，熬制汤圆，北方人则要等到正月十五，美其名曰"元宵佳节"，可见那些爱甜的北方舌头落了后。

一轮轮的西方甜品，早已纷至沓来，这也在一定程度上推动了中国的甜食和西式口味的融合创新，"芝士""可可""布丁"这些原本纯西方的经典甜品用料也出现在稻香村的点心列表里。现如今，无论甜咸，都只是一味作料，奶酪、巧克力被拌进中式的苏壳，花椒、麻酱被塞入洋食甜品，也不是什么稀奇的事。

与鳄梨有关的日子

淡巴菰

初尝鳄梨，是十年前。

那个春天，闷在空中 12 个小时后，在灰黄如雾的暮色中，我生平第一次从北京降落在洛杉矶。从机场往市里赶，在高速上往两侧望去，一切都显得那么萧条单调，低矮的建筑，老旧的电线杆，触目惊心的涂鸦。有首歌叫《南加州从来不下雨》，是由于气候干旱吗？一切似乎都缺乏生机。

人到了公寓，心仍像在飞机上悬着一般空落落的，我决定去楼下的超市逛逛。同事告诉我过了街有三个超市，针对不同族裔的饮食习惯：美国的，韩国的，墨西哥的。因为都不大，我每个都走了一圈，发现一种奇怪的水果不水果、蔬菜不蔬菜的东西，而且像土豆、西红柿一样散乱地堆在那儿，显然是家常食材。那东西长得像梨，皮或绿或青或棕（后来我还看到茄子紫的）。标签上写着：avocado。原来这就是大名鼎鼎的鳄梨，中国人通俗的叫法是牛油果，我猜原因可能和鸡油菌的得名相似，都因其色泽接近鸡油或牛油。当然，似牛油的并非这果子的外皮，而是果肉。那外皮则更适合鳄梨这个西方也叫的学名：alligator pear——有着鳄鱼皮的梨。

看到有几个人仔细又在行地挑着选着，我好奇地问一位貌似和善的韩国老太太这挑选的诀窍。"这个太硬，不熟，不好。这个太软，烂了，不好。不硬不软的这个，very good！"可能是怕我理解有误，老太太仗义地把她挑好放进塑料袋里的两个递给我。99美分一个。

回到公寓迫不及待地切开一个，像许多次切开水果时我都会被惊艳到一样，这鳄梨的外形是那么富有艺术美感——它让我联想到切开的一枚带壳的煮鸡蛋，只不过蛋白部分是乳黄色的果肉，蛋黄部分是黑褐色的圆润饱满的果核。而那将这一切包围起来的一圈深色的线条就是果皮（或蛋壳）。用小勺轻挖下去，其质地丝滑细腻如黄油，放入口中品味，却远没看起来那么诱人。

不久我去公寓附近的一所韩国人开的大学读夜间英语班。这所只有几间教室的"国际英语学校"被一些当地人称为"野鸡大学"：目标人群是那些想以学生身份在美国逗留的外国人。我参加的那个高级班有十个学生，来自九个国家，除了一位俄罗斯女孩，其他全是亚非裔人。他们都很年轻、安静，眼神像长着没有根的水草一般飘忽。

那天晚上我们正稀稀拉拉地坐在教室，有些无趣地继续纠缠已经讲了好几课的"other，another"这类中国初中学生的语法。一个纤瘦的女孩面无表情地走进来，肩上挎着缀着长流苏的包，手里端着一个大锡箔纸盒子。"Hi Chiko，那部电影拍完啦？我想你了。"白卷毛老师像被打了鸡血般兴奋起来，与其说是因为来了学生，倒不如说是因为来了吃的，他一边嗅着纸盒里那蒜香味儿的烤面包，一边在衣襟上搓着两只红手。

Chiko 是日本人，人缘不错，因为时不时总带些吃食来。那天除了蒜香烤面包，她还带着一小玻璃盒切成厚片的鳄梨和十来把一次性塑料小叉。早就饿得没精打采的老师第一个上前拿起一块面包，叉起两片那黄中带绿的鳄梨就要放上去。"稍等，你蘸一下这个。"说着 Chico 又变魔术一般把一个小瓷盒打开，里面是调好的芥末与生抽汁。看着老师一边大嚼一边称赞着"great"，我也如法炮制尝了一口，果然美味，那简单的料汁似乎给本来淡而无味的果肉注入了灵魂，丰腴而鲜美，大有吃生鱼片之感。

从此，这吃法就成了我的不二选择。我相信鳄梨在许多美国家庭和西红柿一样是常备之物，不仅因为它是所谓"健康食物"，还因为它真是超级不贵。99 美分三个在许多食品店是常有的事。我好奇地在网上搜索这食材，惊讶地发现它居然在地球上存在了上百万年。它在全世界每年的产量竟达 720 万吨，有 230 万产自墨西哥，而墨西哥 76% 的鳄梨都免税出口到它的近邻美国。

在洛杉矶的第一个圣诞节，我接到了 Luke 和他太太 Mimi 的圣诞前夜晚餐邀请。年过七旬的 Luke 是已故著名女作家谢冰莹的儿子，个子不高，精瘦挺拔，没有一点老年人的臃肿与疲态。

那晚我不仅得到了 Luke 签名的谢冰莹代表作《一个女兵的自传》，还吃到了他一手调制的 guacamole——地道墨西哥风味的鳄梨酱：把鳄梨打成酱状，洒入盐、柠檬汁、洋葱碎丁、香菜末儿，搅拌均匀极可。"你用这玉米脆片挑着吃。这是最正宗的鳄梨的吃法。当然，南美人也用它加糖和奶油做冰淇淋甜品。"Luke 不是个话密的人，好听的普通话字正腔圆。Mimi 还传授给我一个让生鳄梨变熟的小窍门：用纸包起来，在室温下放几天，再硬得像石头的果实都会逐渐变软，趁它捏起来还有弹性赶紧食用。Mimi 来自台湾，有点嗲的口音让她听起来永远像个小女生："要多吃这个哦，尤其对咱们女人皮肤好呐！"

我后来读到美国一期科学杂志就鳄梨的营养成分做过的分析，但是文尾又说，牛油果富含健康脂肪，但它们仍然是脂肪，如果食用过量，很快就会成为高热量食物。一些鳄梨酱的食谱中也含有过量的盐，会导致钠摄入过多。无论如何，这奇葩的鳄梨就成了我餐桌上隔三差五的新欢。

某天早晨我走进阳台，惊喜地发现那株 Luke 送我的美洲昙花居然盛放了。不同于中国昙花的洁白，这白天开的昙花是桃红。如果说前者美得像不施粉脂的少女，这后者则是风姿绰约的丽人。

我正给这昙花拍照时，忽然发现旁边那小盆多肉植物里居然冒出一棵小苗，直直的绿色小树干和火柴棍差不多粗细，却很有股不卑不亢的力道，头上顶着两个椭圆形叶片。正在疑惑打量间，猛然明白那是前些日子顺手塞进花盆土里的一枚鳄梨核发芽了！

一年后，那小树头上碧绿的叶片已经顶到了阳台粗糙的天花板。我试着打尖，剪掉一截。很快看到了斜生出来的两个旁枝。它仍是挺拔昂扬的，生长，生长，像个不知愁苦为何物的少年。"从成熟的树上剪枝插扦的 avocado，3—5 年就可以结果。如果从果核萌芽而来，就需要等 7—10 年。"显然等不到那梨形果实挂在枝头，我就要结束工作回国了。临走，我把那已经有小擀面杖粗的树送给了朋友。

回到北京，我看到售卖的鳄梨往往是在水果店里而非菜市场，一枚枚摆放在纸盒里俨然是尊贵的稀罕物种。有专家为鳄梨叫好，也有网红跳出来宣布："鳄梨既难吃又贵。"

是因为跨洋运输让果实不再新鲜吗？在北京吃到的鳄梨确实不

如在美国买到的可口。偶尔路过看到了，我会拿起一枚轻握在手，打量着它，不由得想，这在地球上经历了数万年风霜炎寒仍存活至今的果子，这从原始洞穴的火堆旁飞身到智能楼宇的餐桌旁的小梨，听到人类可笑的褒贬，如果可以开口说话，会说啥？

我那棵由果核变成的小树，算算，也该挂果当母亲了吧？我怀念与鳄梨有关的日子和散落天涯的朋友们。

潮阳牛肉粿

鄞　珊

冲门口招牌的这个名字，我一下就坐在这家很不起眼的店里。

按地理位置，这样小岔道的小店不容易被发现，除非回头客。因着乡音——店家操着一口浓浓的潮阳口音跟我对话，在广州，不管是潮阳或澄海或饶平，甚至汕尾，只要是说潮汕话，骨子里便认为"胶己人"了。潮汕话真是沟通乡人的好工具，两句潮汕话来往，一下子就有他乡遇故知之亲切。他既是厨师也是店小二，一个人负责了全部，有时还有老婆帮忙。

他告诉我他是潮阳峡山的，他的牛肉、粿条和配料都是从老家运过来的。他租了这店面也有几年，随着每年租金的递增，现在每个月也要四五千了，还不包括水电人工等。我每次去吃的时候大多是挑选人比较少的时候，估计人流量多的时候也无法跟现在比。这是 2008、2009 年时分，此刻他开始为租金这一笔巨大的付出而焦虑了。

很纯粹的牛肉粿条，或牛腩粿条，在广州那些粉面店多次失望之后，突然在这里吃到了很正宗的粿条，我的欣喜自是比口腹之欲来得更多。潮汕粿条必须是潮汕人才能做出地道的口味，广州的粉跟潮汕的"粉"不一样，潮汕的"粉"叫"粿条"，纯粹大米制作的，特别是来自揭阳的粿条做法，辨识度极高，我们的味觉在外面流浪久了很容易在粿条的做法里得到满足。

我甚至有闲暇在他那里喝上一杯茶，一杯很普通的潮汕工夫茶。那一刻，刚来异乡的不适应在这里好像缓解了些。

曾经去过几家连锁店，厨师不是潮汕人，做饭大打折扣。而他的牛肉粿，做得地道，连这样的经营方式都演绎着潮汕地区传统的模式，自家经营，连个员工都不请。这个时候对饮食的要求还没有现在这么严格。所以他可以一个人包了。在这样的小店里，一碗牛肉粿分三个档次，10 元，12 元，15 元。没有其他增加的东西，就靠着这一碗经营着。有时在想，一天得卖出多少碗啊？！

我与几位潮汕好友谈到其时这样"昂贵"的租金，得泡多少碗牛肉粿条才能抵掉租金。而越往后，租金更是一路攀升。我不知道那段时间，我怎么老是去他的店吃牛肉粿，现在我记不清究竟是作为早餐？还是午餐？还是晚餐？反正都是人不多的时候，我不用等待，店家马上就能给我制作一碗热气腾腾的牛肉粿或是牛腩粿，然后坐下，边喝茶边跟我聊起家乡，家庭。他有三个孩子，一家都靠着这店。

孩子读书，孩子升学，一切都需要在这碗牛肉粿里面讨钱。他说到他峡山老家的兄弟也是开牛肉粿的店，那边的压力不大，但大城市对孩子的读书及以后前途都有好处，他和老婆需要多辛苦。

聊得那么多，让我在久没关顾他店的时候都会惦记着，专门去吃一趟。我发现已经不是为了吃那么一碗，而是那种乡邻亲切淳朴的感受。

当我发现有一段时间没有去了，专门过去吃一碗时，发现竟然门面转换，变成其他经营了。我甚是伤感，与这个老乡聊了那么多、那么久，突然就悄无声息地搬走了，在之前只听他说做不下去，真的做不下去，因为越来越入不敷出。

看着面貌全变的此地，我此刻才觉其多番述说艰难之真切。我竟然有着一种悲凉，好久都不曾散去，这店家的面貌已经模糊了，而他家境的一切却历历在目，一个为生计努力的潮汕人，如何在广州生存生活？

我对我们的族群有着深深的情感，直到我几年后在不远处的潮阳簸肉找到另一个落脚点，延续了此种潮汕人的情节。

图书在版编目（CIP）数据

往前走，天就亮了 / 黄永玉等著；《作家文摘》编.
— 北京：东方出版社，2023.10
ISBN 978-7-5207-3532-2

Ⅰ.①往… Ⅱ.①黄… ②作… Ⅲ.①散文集—中国
—当代 Ⅳ.①I267

中国国家版本馆CIP数据核字（2023）第123340号

往前走，天就亮了

（WANGQIANZOU,TIAN JIU LIANG LE）

作　　者：黄永玉　莫　言　李银河　等
主　　编：《作家文摘》
策划编辑：鲁艳芳
责任编辑：杭　超　鲁艳芳
装帧设计：万　聪
出　　版：东方出版社
发　　行：人民东方出版传媒有限公司
地　　址：北京市东城区朝阳门内大街166号
邮　　编：100010
印　　刷：北京文昌阁彩色印刷有限责任公司
版　　次：2023年10月第1版
印　　次：2024年4月北京第2次印刷
开　　本：880毫米×1230毫米　1/32
印　　张：8.25
字　　数：148千字
书　　号：ISBN 978-7-5207-3532-2
定　　价：56.00元
发行电话：（010）85924663　85924644　85924641